QUASE VERÃO

Copyright © Renan Marinho Sukevicius, 2023

Editores
María Elena Morán
Flávio Ilha
Jeferson Tenório
João Nunes Junior

Capa: Cintia Belloc
Foto de capa: Renan Marinho Sukevicius
Projeto e editoração eletrônica: Studio I
Revisão: Press Revisão

Dados Internacionais de Catalogação

S948q Sukevicius, Renan Marinho
Quase verão / Renan Marinho Sukevicius. - Porto Alegre : Diadorim Editora, 2023.
140 p. ; 14cm x 21cm.
ISBN: 978-65-85136-10-5
1. Literatura brasileira. 2. Contos. I. Título.

2023-2487

Elaborado por Olidio Hilario Moreira Junior - CRB-8/9949
Índice para catálogo sistemático:
1. Literatura brasileira : Contos 869.8992301
2. Literatura brasileira : Contos 821.134.3(81)-34

Todos os direitos desta edição reservados à

Diadorim Editora
Rua Antônio Sereno Moretto, 55/1201 B
90870-012 - Porto Alegre - RS

RENAN MARINHO SUKEVICIUS

QUASE VERÃO

[1ª reimpressão]
Maio 2025

A margem como ponto de partida e também de chegada. No meio do caminho, o mundo todo.

Ao meu pai, motorista, que nos conduziu.
À minha mãe, professora, que nos indicou a direção.
Aos meus professores, tantos e tantas, que nos abasteceram ao longo da estrada.

SUMÁRIO

Quase verão   13

Banho na azulinha   21

Bateria de galão   31

Formato de delta   39

28 dias   47

Mamede   55

As viúvas do Baile da Memória   61

Recados da Terra   67

Empenas e mangueiras   77

A eternidade   87

Números   95

Uma história de amor e sede   101

Se você pretende   109

Visita íntima   119

0+   127

Ela e ele   135

QUASE VERÃO

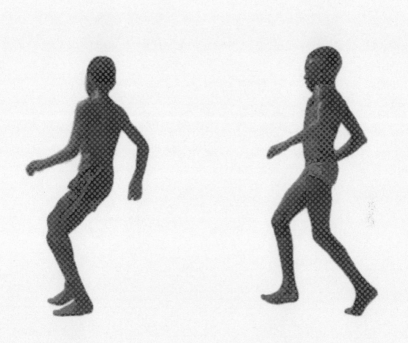

"Ah, se eu pudesse, só por um segundo
Rever os portões do mundo que os avós criaram"
Vale do Jucá

Na pulseira, meu nome e dois sobrenomes, um português e um polonês. A pulseira do ano era rosa; a do ano passado, laranja; a do retrasado, azul-piscina. Minha mãe já botava a pulseira no meu braço na estrada mesmo, e só tirava quando a gente voltava pra casa. E eu ficava até março com a marca de sol da pulseira, até que minha cor voltasse ao normal.

O nó na pulseira no braço era o último reparo que minha mãe fazia antes da descida da serra. Morria de medo de neblina que fazia parecer que o carro tinha ganhado asas e voava no meio das nuvens. Ave Maria, cheia de graça, começava a dizer minha mãe, num tom de voz mais alto que ia diminuindo até ficar uns ruidinhos das palavras que começavam ou terminavam em s.

Ficava todo mundo tenso dentro do Monza prata do meu tio. Era entrar no primeiro túnel pro sinal do rádio sumir e um silêncio medonho, interrompido só pelos s da reza da mãe. A estrada era boa, mas a neblina dava medo, e meu pai, mesmo dirigindo bem, dava umas brecadas fodidas, porque nunca teve vista boa e nunca quis usar óculos. Falava que tinha o olho azul demais pra ser quatro olho. Mas era melhor ele na direção do que meu tio, a chance de dar b.o. era grande.

Era meu pai dirigindo, tenso, minha mãe rezando e meu tio com um paninho podre de sujo desembaçando o vidro do carro. Nós respirando lá dentro, tudo fechado, sem ar, sem nada, tentando não fazer peso, quase não encostando a bunda no banco. Por pouco o vento não fazia o Monzão voar mesmo. Problema era minha irmã estar sentada no meu colo. A reza da mãe tinha que ser pra polícia rodoviária. Se parasse a gente, ia dar ruim. Meu pai dirigindo, meu tio no carona, minha mãe atrás do meu pai, eu no meio com minha irmã no colo e minha avó espremida, na outra ponta. Os quatro no banco de trás sem cinto, porque não tinha.

Amém, senhor Jesus, amém, agradecia a mãe quando o trecho de serra acabava e as retas do litoral davam segurança. Eu já sentia o cheiro de mar e o calor insuportável invadia o carro. A paz (ou tensão) que reinava tinha fim, e minha irmã e eu já começávamos a tretar, meu tio já ligava o rádio de novo, minha mãe brigava com meu pai por causa das brecadas, falava que ele precisava de óculos. Parecia que todo mundo ali morava na cachoeira, um falando mais alto que o outro.

O apartamento em que a gente ficava era pequeno. Quarto minúsculo, banheiro e cozinha, seis pessoas e 14 dias. Era de um vizinho que tinha um pouco mais de grana e sempre liberava pra gente, abaixo da tabela da temporada de verão.

Da última vez, na chegada, meu tio desceu do carro, foi até a portaria, perguntou se tinha vaga pra estacionar lá dentro, as vagas eram de quem chegasse antes. Não tem, respondeu o porteiro. Mas dá pra parar lá dentro pra gente descarregar as malas?, perguntou o tio. O porteiro fez só um não com o dedo, olhando com uma cara triste mas que, ao mesmo tempo, era de gente ruim. A portaria era mais alta que a rua, daí ele olhava de cima pra baixo.

Descarregamos ali na rua mesmo, meu pai foi procurar onde parar. Voltou dizendo que o porteiro tinha liberado. Na primeira ida pra praia, a gente viu: três vagas livres.

Era o meu décimo segundo verão na Praia Grande. E mesmo que eu não quisesse, tinha um incômodo que não era o calor ou a lombra da maresia. Tinha um olhar atravessado que me implodia. Não era nada explícito a ponto de eu partir pra cima. Era dentro, só pra dentro, só comigo. Eu já tinha ganhado essa há um ou dois anos. E aí, na pira de moleque, achava que era porque a gente tava de Havaianas. Será que a mulher do caixa tratou a gente mal porque a gente tá de chinelo?

Eu ouvi meu pai conversando num outro ano com o porteiro que o povo da praia odiava os turistas porque era muita gente consumindo, faltava água, tinha fila pra comprar pão na padaria. Taí, eles não gostam da gente porque a gente é turista, pensei. Será que era por isso que o porteiro não respondia nosso bom dia e obrigava a gente a deixar a chave com ele em toda ida à praia?

Eu via também que o povo que era bem tratado lá falava um r diferente do nosso, nosso r era um r caipira. Daí eu me esforçava para poder dizer um sorrrrrvete de duas bolas, porrrr favorrrr, fazendo a língua tremer no céu da boca. E nada.

Será que era minha pulseira rosa? Será que eles achavam que eu era viado? Eu ia tirar a pulseira quando tomei um tapão da minha mãe com uma mão, enquanto a outra segurava um sorvete de morango, milho verde e passas ao rum, com calda dura de chocolate e MMs. Depois você se perde aí e vai ficar chorando, ela gritou. Eu emburrei, quis chorar. Pra mim era uma cor no pulso; pra minha mãe, era uma identidade. Pra mãe, a cor não era questão. Era outra coisa. Era a mistura do sobrenome dela com o do meu pai, português e polonês, que dizia quem eu era. Era a letra miúda, não a cor.

No último dia, depois do almoço, depois de uma manhã inteira na praia, com uma sensação de que o

corpo ainda tava na água, com os dedos enrugados, no último sorvete, eu fiquei vendo a vó, o tio, a mãe, a irmã e o pai pegando cada um seu sorvete e sentando à mesa.
 O olhar que me atravessava, atravessava eles também. Aquele olhar era comigo, mas não só comigo, era com quem tivesse na mesa com a gente, até com meu pai e seu par de olhos azuis. Naquele verão, saquei que ninguém além da mãe lê a letra miúda, só vê cor.

BANHO NA AZULZINHA

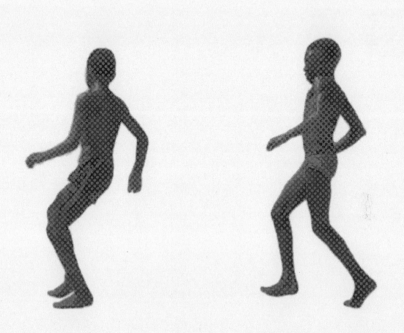

> "Nunca houve tanta estrada. E nunca nos visitamos tão pouco."
> Mia Couto

197, 198, 199... Uuuaahh. Quase 200 segundos debaixo d'água. Só mesmo Pedro conseguia ficar tanto tempo. Era sempre assim nos banhos na azulzinha. Eu e os moleques ficávamos 100, 120 segundos. Pedro chegava a 200 segundos debaixo d'água. Ele tinha um peito mais largo, devia ter um pulmão resistente. Era um peitoral realmente grande, com alguns pelos, bem diferente da gente. O abdômen dele tinha vários quadradinhos duros. Ele tinha também uma tatuagem mal feita e meio gasta no braço.

Sempre que dava sol a gente ia pra azulzinha. Os lagos que ficavam depois que as empresas que extraíam areia iam embora eram nossa praia. Mas só Pedro conhecia o mar, e era ele que ficava comparando a água podre de rejeitos com a água salgada cheia de onda. A gente acreditava nas histórias, mesmo elas não parecendo reais, até mesmo pra gente, que nunca tinha visto praia.

Pedro dizia que nosso bairro já tinha sido mar. E eu havia visto mesmo na televisão que um monte de lugar que hoje é terra foi água salgada. Talvez a azulzinha tivesse sido praia. Pedro tinha razão no que dizia. Era foda, ele era vivido. Sabia das coisas, mesmo sendo só três anos mais velho que a gente. Era ele também que definia quando era hora de ir embora. A gente ia sem reclamar.

A gente nadava de volta até a pedra onde estavam as nossas roupas, aí a gente tirava a cueca, pegava os calções e vestia, pra não assar muito as coxas na caminhada de volta. Torcia as cuecas e botava no bolso. Na volta, a parada era na minha casa. Minha mãe fazia geladinho de fruta pra vender. Coco, manga, abacate. 15 centavos cada um. A gente passava a tarde chupando geladinho. Fim de tarde, banho, janta e rua de novo. Na calçada, a gente ficava conversando até que a mãe de alguém chamasse ou que dona Cláudia reclamasse. A velha era o cão dentro de casa. Berrava quando enchia a lata, batia no portão. No começo, a gente até que tinha medo. Depois a gente passou a cascar o bico.

Ela me chamava de lindim, desde menino. É ô lindim pra lá, ô lindim pra cá. Mas eu tinha sacado o que ela queria dizer com o elogio. Eu era o menos preto da rua. Lindim é o caralho, passei a pensar quando comecei a perder o medo dela.

Mas quanto mais eu perdia o medo, mais dona Cláudia envelhecia. E eu me sentia um covarde. É que é foda ficar bravo com velho. Eu ficava com pena. Jamais mandaria ela se foder, ainda que tivesse vontade. Dona Cláudia era mentira da cabeça aos pés. Nem era Cláudia seu nome mas Querência. Me dava uma dó do caralho.

Só quem chamava ela de Querência era o dono do bar da rua, que garantia pra ela os gorós da semana. Dia sim, dia também, dona Cláudia enchia a lata. Ficava louca. Querência, a louca. Puta. Mas só dentro de casa. Sorte a nossa, se eu visse a bêbada na rua, era capaz dela me chamar de lindinho, mas com a voz do cão. A mesma voz com que ela tretava sozinha em casa, com os bichos. Tinha um louro e um cachorro, os pobres. O foda era que o papagaio aprendia os palavrões e retrucava. Ela mandava ele tomar no cu, ele devolvia. E a gente quase se mijava de rir.

Lembro de uma vez que dona Cláudia me deu uma tapuer cheia de coxinha. Nunca tinha tido tanta coxinha pra comer de uma vez. Todas congeladas. Fiquei meio

assim com o presente. Me interessei. Mas o mais legal mesmo foi entrar na casa da velha pra pegar o presente. Eu gostava de entrar na casa alheia. Pura curiosidade. Qual é o tamanho da tv? Será que tem micro-ondas. "Sai, cachorro!" "Tóbi! Queta! Sai, caralho."
Parede azul. Uma escada de madeira até o quarto, mesa grande demais na cozinha. Geladeira num azul mais clarinho, várias manchas de umidade nas paredes. "Aqui, fio", pegou do freezer, pingando uma água fedida, o pote com uma porrada de coxinha. Agradeci, subi meio correndo até o portão. Não consegui ficar muito tempo lá, mesmo com toda a minha curiosidade. Parecia errado. "Sai, cachorro!" Bati o portão.

Foi na casa de dona Cláudia que eu vi o primeiro defunto da minha vida. O marido dela. Ela tinha por hábito velar os parentes em casa. Foi assim com o marido, um ex-marido, a irmã, um filho e duas sobrinhas.

Quando eu era pivete, ficava com um medo do cão. Subia a rua na volta da escola, prendia a respiração quando passava por onde o caixão tinha ficado. Fissura de moleque.

A vida de dona Cláudia era pura aparência. A casa dela era a mais bonita da rua. Todo ano mandava pintar o portão de metal e a lixeira, trocava as telhas de tempos em tempos.

Dona Cláudia era o sorriso mais simpático da vila. Aparência. Ela gritava com os bichos, quando ficava mamada, pra rua inteira ouvir. No dia seguinte, aparecia bela, sorridente. Zero ressaca.

A casa bonita e a política de boa vizinhança garantiam a ela alguns privilégios. A nossa casa era parede com parede com a dela. Numa quarta, um feirante desgraçado perdeu o freio, ia descer a rua com tudo, ia dar no meio das barracas. Ficou num dilema. Ou metia o caminhão numa das casas e corria o risco de acertar alguém dentro de um dos quintais, ou ia na direção das barracas, pegava mulher, feirante, periquito, papagaio. O filho da puta não pensou duas vezes em dar no meio do muro de nossa casa. Bei! Um puta de um estrondo. Na cabeça dele, o dilema era qual muro seria menos pior bater. A casa das aparências de dona Cláudia não era opção, então ele foi direto na nossa. Um rombo gigante. Nunca pagou, ficou lá o buracão no nosso muro.

Não sei por quê, mas eu passava essas história na cabeça enquanto brincava de bobinho com os moleques na rua. O dia inteiro na azulzinha, noite quente, e a gente tinha energia ainda pra jogar bola. Mas o asfalto já tava morno, já dava pra correr sem queimar o pé. "Carro passando", era sinal pra pausa. Alguém parava a bola onde tava e o jogo continuava do mesmo ponto. Mas nessa volta, o gol era quase certo. Quem tava com a bola no pé tinha mais gana do que quem tava só querendo defender. Bola no chão, bicuda e gol. Era só assim também pra sair gol, uns moleques ruins do caramba.

Mas um carro não passou, parou, bem no nosso campo improvisado, com golzinho feito de chinelo Havaianas. A Kombi branca tinha ocupado metade do nosso campo. Que puta susto quando olhei pra dentro da perua. Tinha um caixãozão lá. Feio e assustador, como todo caixão. Branco. Levei uns cinco segundos até entender o que tava acontecendo. Eu tinha um medo do caralho de morto. E quando tinha medo eu sentia uma pressão no olho, parecia que meu coração tava nos olhos. Que desespero eu senti.

Era dona Cláudia que tinha chegado. Ia começar o último velório da casa das aparências. A rua lotada não era só por causa da noite quente e seca. Aos poucos foi lotando mais. Era uma mistura de carinho pela velha, curiosidade mórbida e busca pela certeza: "Morreu mesmo?". Acho que todo mundo sabia que nunca mais aconteceria um velório numa casa do bairro, era o último ato da fábula da fofoqueira. Querência, a louca. A velha que falava com os bichos.

Eu já conhecia o ritual. Noite, madrugada, manhã e meio da tarde. Gente, muita gente. As tias da igreja chegavam, cantavam umas músicas lindas e ao mesmo tempo macabras da Harpa Cristã. Sim, eu amo a mensagem da cruz/ 'Té morrer eu a vou proclamar/ Levarei eu também minha cruz/ 'Té por uma coroa trocar.

Demorei a dormir. Ficava em pânico com a ideia de ter um corpo na casa do lado da minha. Toda vez. Inferno. Acordei de manhã, fui comprar pãozinho. 1 real, dez pãozinho. Passei do outro lado da calçada. Enquanto eu descia a rua, muita gente subia. Era sábado. Encontrei com os moleques rasgando um pão na calçada, tomando leite com Nescau nas canecas, de meia, moletom e blusa com capuz. Cumprimentei um a um. O clima tava estranho, triste. Porra, a dona Cláudia! Pedro viu meu olho cheio de lágrimas, eu sei que viu. A vergonha só aumentou, eu saí, meio correndo, todo ridículo, piorando tudo. Ele viu. Corri rua abaixo. Quanto mais eu descia, mais o choro tomava meu olho. Meu queixo não parava de bater. Era incontrolável.

Quando eu voltei, o caixão tava na calçada. E Pedro ainda continuava lá. Me cumprimentou de novo, com toque de mão, sem falar nada, como se tivesse me vendo pela primeira vez no dia. Eu subi mais a rua e, quando olhei de volta pra trás, Pedro tinha sumido. É que tinha muita gente. Mais gente que no velório do marido de dona Cláudia. Eu tentei ver de longe, entre o povo aglomerado, o corpo dela. Não consegui. Eu queria ver. Mas não conseguia. Sentia vergonha.

Como se soubessem que eu tinha medo e agora não tinha mais.

Deu duas horas, começaram a sair. Vi um pedacinho do caixão. O barulho do motor da Kombi. O canto das irmãs da igreja virando burburinho. Em menos de 20 minutos, vazio e silêncio. E era só o começo. Sem o corpo de dona Cláudia, a casa ao lado da nossa era só uma casa.

BATERIA DE GALÃO

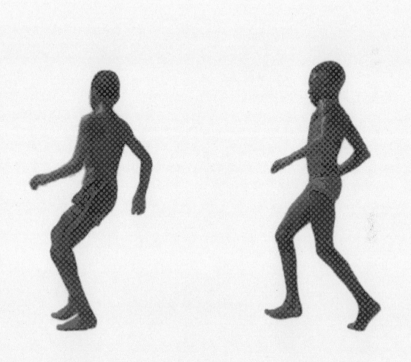

> "Uma ocasião,
> meu pai pintou a casa toda
> de alaranjado brilhante.
> Por muito tempo moramos numa casa,
> como ele mesmo dizia,
> constantemente amanhecendo."
> Adélia Prado

Florípedes acordou com um estalo seco. Um som baixo pra tirar alguém da cama, mas suficientemente feio e angustiante para fazê-la despertar. Uma lâmpada fraca se acendeu sobre sua cabeça. Ela tentou não mexer o corpo pra não fazer mais nenhum barulho, na tentativa de ouvir de novo o ruído. Silêncio. Se mexeu de novo, mas não era a cama, nem o taco do piso nem a janela. Deitou-se de novo, fechou os olhos, mas o sono já tinha ido embora. Outro estalo seco. Florípedes se levantou. Calçou a sapatilha Moleca surrada, a mais confortável, e foi até a porta da sala. Era Gilson, seu neto, brincando de bateria nos galões azuis de água que ficavam no quintal, perto do tanque.

Os galhos secos mais grossos da amoreira do quintal eram as baquetas, os galões com a água de lavar a roupa eram os tambores. O chão de terra era o palco e o barrancão cheio de plantas era a plateia, uma semiarena. Era manhã de show.

Gilson viu que a avó tinha acordado, correu pra dentro, pegou uma banana pra si e outra pra avó. Quer uma, vozinha?, perguntou. Quero, respondeu. A banana era grande pra mão dela, gigantesca pra mão dele. Gilson deu a primeira mordida, Florípedes pegou a banana e mordeu com casca e tudo. Os dois riram até que o som da chaleira fosse mais alto que o das gargalhadas.

Enquanto mastigava a banana, Florípedes ia passando o café. No pequeno intervalo de silêncio dentro de sua caixa craniana, quando terminava de mastigar e engolia o pedaço de banana, Florípedes ouvia o estalo. De novo, o som feio e seco. Florípedes olhou pra fora, e Gilson não estava lá. Deu passos pra trás, ainda olhando a janela, virou o pescoço pro corredor e Gilson estava sentado na cadeira em frente à porta do banheiro, comendo a banana, distraído, olhando a fruta enquanto mastigava, como se fosse a primeira vez que comia uma banana.

De novo, o estalo. E agora, outro.

Ritmados, os estalos foram ouvidos também por Gilson, que fazia com a língua nos dentes um som de prato de bateria, criando uma base de som.

Florípedes passou a não dar tanta bola ao ruído, até que adoçou o açúcar, bateu a colher na borda do bule e ouviu de novo. Agora mais forte. E não conseguiu ignorar as folhas da amoreira que caíram assim que o estalo se fez ouvir.

Gíiiiilso!, gritou a avó.

Tem café! Já vou, vozinha!, respondeu. Vem agora!, determinou. Não era só o café, era um pedido de companhia. Alguém para compartilhar o medo daquilo que não se sabia bem o que era.

Sentaram os dois à mesa da cozinha e tomaram café, em silêncio. Ela de costas pra janela da cozinha, ele com a cabeça esticada pro corredor, pra continuar acompanhando os clipes da mtv na tv da sala. Depois que acabar, vai comprar sal pra vó no Castilho pra poder fazer o almoço, alertou a avó. Pega dois real em cima da televisão, instruiu. Gilson pediu mais um real, pra comprar a revistinha de bateria na banca de jornal, porque a velha tinha mofado. O um real é pro pão, pão a gente come, revista não, filosofou a avó. Gilson engoliu o café e saiu numa carreira só barranco acima até chegar ao portão da casa. Dali cinco minutos voltou com o sal, do mais barato, e cinco babalus. A avó fez que não viu. Só não pôde mesmo ignorar o estalo feio e seco assim que o neto entrou em casa, descendo, outra vez numa carreira só, o barranco. Florípedes estava acuada, refém de um ruído. Ela tentava racionalizar aquilo até que ouviu de novo. E de novo. E de novo.

Eram nove horas e aquele ruído feio e seco havia tirado tanto ela do prumo que nem xixi havia feito. Assim que o arroz começou a cozinhar, ela correu para o banheiro. Baixou as calças e começou a urinar, mas em alerta, como se ali, sentada na privada, estivesse vulnerável, um animal prestes a ser atacado. Aproveitou o tempo do xixi pra repassar a rotina na cabeça. Tinha que lavar as roupas. Os galões de água estavam cheios, mas o sabão em pó tinha acabado. Pensou em usar o sabão de coco em barra. Precisava correr com o almoço pra dar tempo de lavar a roupa, era verão, a chuva viria logo cedo, como tinha acontecido nos outros dias. Ia fritar de novo na gordura com cebola a carne seca pra misturar ao feijão fresco. Amanhã era dia 6, dia de sacar a aposentadoria. Foi o tempo de um dedão percorrendo todas as teclas de um piano, da mais aguda pra mais grave nota. Uma sequência seca e feia de notas dos estalos. Um segundo ou menos. E tudo veio abaixo.

Tudo.

O buraco da fossa no quintal tinha se aberto e engolido tudo: o tanque de pedra, os galões d'água, as baquetas-graveto de Gilson, a amoreira, tudo misturado em meio a muita merda, metros abaixo do chão. Florípedes correu com as calças ainda arriadas, não se importava com a roupa, nada importava, onde estava Gilson?

    O pânico da avó era tamanho que ela nem viu o neto vidrado, diante da tv, assistindo aos clipes na mtv simulando com a língua nos dentes os pratos de uma bateria.

FORMATO DE DELTA

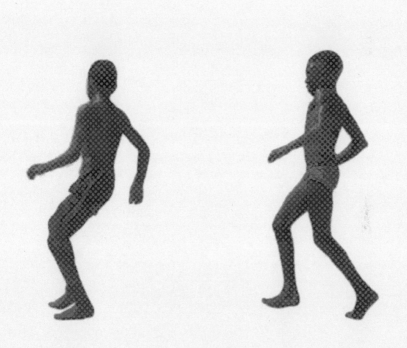

> *"Tu, pessoa nefasta*
> *Tens a aura da besta*
> *Essa alma bissexta, essa cara de cão"*
> Gilberto Gil, *Pessoa nefasta*

Quando os aviões entram no espaço aéreo da cidade de São Paulo, fazem uma volta lá longe, perto da Serra do Mar, perto das represas, e deitam entre os prédios para pousar em Congonhas. Achei que estava louco, mas me vi lá embaixo, menino, olhando pro céu com Vô Antônio. Sentados na laje no fim da tarde, ouvindo o som da panela de pressão chiando ao fundo e alguma tevê ligada.

Uma tarde perguntei se Vô Antônio um dia já quis pular de lá de cima. Sim, respondeu sem nem pensar. Por quê?, repliquei, também veloz. Porque às vezes a gente se angustia. Foi a única vez que ouvi algo frágil daquele homem tão rude. As mãos de Vô Antônio eram ásperas, cheias de calos. Seu rosto era tão cheio de pregas que parecia uma árvore centenária, as unhas de seus pés eram cascos pré-históricos.

Ele olhou para a beira da laje, como se mirasse um desfiladeiro. Sua boca fez um formato de u invertido e seu bigode ficou engraçado no rosto. Seus olhos apontavam firmes lá para baixo. Minha expressão de troça mudou. Me bateu de repente a sensação de que ele fosse pular ali mesmo, na minha frente. Ou que fosse ameaçar pular, só pra me assustar. E só essa possibilidade já me dava medo.

Vô Antônio se afastou, deu dois ou três passos para trás, voltou a visão para frente. Continuei vendo ele, agora tentando descobrir o que se passava naquela cabeça. O achei irresponsável. Um homem velho dizendo a uma criança que já tinha pensado em se matar. Foi chocante. Mas ao mesmo tempo me envergonhei, porque eu mesmo havia feito a pergunta. Ficamos em silêncio por mais alguns instantes até que ele me pediu para buscar um cigarro. E sobre esse pedido eu não fiz julgamento algum.

Comecei a fumar muito cedo, acendendo cigarros para o Vô. Colocava na boca, riscava um fósforo, acendia, dava uma ou duas tragadas, e entregava a ele. Não sei bem quando comecei a fazer isso. Nem me lembro quem me ensinou. Não me recordo ainda quando passei eu mesmo a fumar um cigarro inteiro. E nunca entendi por que achavam isso normal.

Vô e eu passávamos a tarde juntos, quando eu chegava da escola, vendo o céu. Às vezes eu levava a comida do almoço, um prato gigantesco de arroz e ovo mexido, pra comer enquanto monitorávamos os aviões. Eu sentado em cima de um tijolo, ele numa cadeira de praia. Eu não sabia que os céus de maio e junho eram os mais lindos do ano. Quando notei que havia uma repetição de padrão no céu, esses momentos acabaram. Logo Vô adoeceu, se acamou, e nunca mais tive companhia para olhar as nuvens, as pipas e os aviões.

Havia também os marrecos cruzando as nuvens. Sempre nas manhãs e nas tardes, eles passavam em bando. Pretinhos, cruzando o céu, no formato de delta. E eu me orgulhava demais em falar que os marrecos voavam em formato de delta, falava pra todo mundo. Entrava na perua da escola tagarelando, explicando tudo e dizendo, claro, que era Vô Antônio quem tinha me ensinado.

"Você sabia que o voo dos pássaros inspirou o voo dos caças? Eles voam no formato de delta, pra melhorar a aerodinâmica." Eu não sabia exatamente o que era um formato de delta. Nem o que era aerodinâmica. Só mais tarde, aliás, fui entender a etimologia das palavras. Crescer na região de Interlagos, por exemplo, era estar justamente entre dois grandes lagos artificiais: as represas Billings e Guarapiranga. Só fui sacar depois. E quando percebi, já tinha me mudado. Os marrecos que atravessam o nosso céu iam de uma represa a outra. Eles iam atrás de comida, dizia Vô Antônio.

Os pássaros e os aviões, os caças, tavam na cabeça de Vô Antônio muito porque ele foi pracinha, foi pra Europa lutar na guerra. Era um admirador do militarismo. E admirava a ditadura militar também, coisa e tal. E foi um choque quando eu entendi o que havia sido a ditadura. Quando entendi, ela também já tinha passado.

Na escola, falavam que havia sido um período duro, de repressão, de censura às artes, à política. Eu perguntava ao meu avó e ele dizia maravilhas, minha mãe não sabia de nada, era moça, tinha lá pelos seus 17 anos, meu pai não tinha chegado ainda em São Paulo, mas no sertão de Sergipe a vida continuou igual, ele dizia, mesmo com os militares no poder.

O dia mais importante do ano pra Vô Antônio era o 7 de setembro, mais até do que o Natal. Vestia farda e bota, sentava diante da televisão e acompanhava os desfiles. Ele era um homem autoritário, batia na cara dos outros netos por bobeira, mas nunca na minha.

Nos churrascos de família, quando Vô deitava, os filhos contavam sempre as mesmas histórias. As peias que tomavam. A rotina quase militar de dormir, acordar e cuidar da casa. Mas tudo era atenuado pelo fato de Vô ter sido pracinha. Isso dava a ele alguns privilégios. Quase tudo era justificado pelo fato de ele ter ido pra guerra. Quando enchia a cara, começava a miar e a repreender o gato que miava. Era fantástica a agilidade na mudança do tom de voz, ora muito fina, ora muito grossa. Eu nunca tive certeza se isso já era só a bebedeira ou um sinal de senilidade. Mas não importava, ainda que ele incomodasse muito com a simulação do diálogo homem-felino, ninguém o repreendia. Essa é uma das consequências do medo de figuras autoritárias: elas não são questionadas mesmo quando estão fazendo uma grandessíssima merda.

Vez ou outra ele "ficava inspirado", como dizia minha mãe, e vestia a farda velha, embolorada, mesmo fora do 7 de setembro. Quando chegava da escola, eu almoçava e corria pra junto dele, na laje de casa, mas, antes de tudo, prestava continência, se ele estivesse fardado.

Seu olhar de cumplicidade nesses momentos me fazia sentir um gosto doce na boca e um sentimento bom no peito. Era a mesma sensação de dizer de onde vinha o avião que pousaria em breve em Congonhas e o Vô dizer que acertei. Será que eu acertava mesmo? Não sei dizer, mas eu nunca mais consegui ser tão feliz quanto nesses momentos.

Preferi continuar recordando de lembranças mais bonitas. Rememorar, aliás, era, naquele contexto, um privilégio. Estava pousando em São Paulo e me encaminhando pra Interlagos para visitar Vô Antônio, agora um acamado, com alzheimer, nas últimas.

Não falava, mal comia, mais ou menos enxergava, não se lembrava de nada. Não se lembrava ou havia se esquecido?, eu ficava pensando. Não tinha 7 setembro, roupa militar ou avião que o fizesse despertar.

Eu tinha tanta coisa pra contar pro Vô Antônio. Eu era, agora, biólogo. Sabia de cor todos os nomes das espécies que moravam na Billings e na Guarapiranga. Garças, irerês, biguás, savacus, socozinhos, colhereiros, carcarás, jaçanãs, sabiás, curutiés. Eu sabia o que era aerodinâmica agora. Tanta coisa eu sabia, meu Deus. Sabia sobre ditadura também e coisa tal. Vinha um gosto amargo na boca.

    Eu tava, agora, dentro de um avião, dentro de um daqueles que a gente via cruzando o céu. Será que anos atrás a gente já tinha visto esse mesmo avião que me transportava? Será que Vô Antônio adivinharia o ponto de partida do meu avião, como adivinhava os dos aviões que a gente via? Eu queria tanto contar pro Vô Antônio que lá no Canadá, de onde eu tava vindo, tem uma ave que emigra, que cruza a América toda, vai até a Argentina, e depois volta pra casa. E adivinha, Vô Antônio? Ela faz pausas estratégicas na Guarapiranga.

    Eu tava voltando pra casa com medo. Eu tinha visto o mundo em Toronto. Os chineses, os indianos, os europeus. Tinha experimentado as comidas mais variadas. Tinha experimentado o sexo. E tinha experimentado outras drogas para além do cigarro. Vô Antônio, tem uma rua de cada país lá! Eu ficava pensando que mundo Vô Antônio tinha visto na Europa e que bagagens ele trouxe na volta ao Brasil depois de lutar numa guerra. E também quanto lutou na guerra. Será que lutou mesmo? O senhorzinho que junto do neto observava pássaros, pipas e aviões já tinha matado um homem? Ou vários homens? Talvez tenha mentido a vida toda. Será que ele merecia estar morrendo numa cama, de fralda, sem saber que dia era, que horas eram, qual era seu nome?

    O avião fez uma curva fechada, daquelas que fazem a cabeça ficar mais leve, na boca da inconsciência. Tripulação, preparar para o pouso. Finquei os pés no assoalho, como se adiantasse de algo no pouso do bichão na pista. Recolhi as asas e me empoleirei em mim mesmo.

28 DIAS

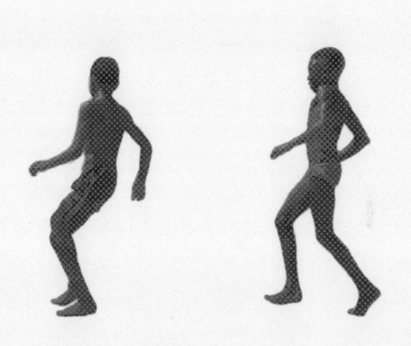

> "Alguns doutos em ciências descobriram que quanto maior o intestino, mais místico o indivíduo. E quem mais místico que Deus? Grande Intestino, orai por nós."
>
> Hilda Hilst

A vida da mãe de Isaías era fazer contas. O tempo do ônibus, as colheres de açúcar no café, os pãezinhos. Um pão que cai do saco direto pro chão e é abocanhado pelo cachorro é menos um pão. O café mais doce da terça é o menos doce da quarta. E onde faltam números sobra Deus.

E Deus – ou a palavra dEle – estava 24 horas ecoando pela casa. O rádio, por meio de um sofisticado sistema de som que contrastava com a precariedade das paredes de madeira do grande barracão, levava uma programação constante de pregação da palavra de Deus a ela, a Isaías e ao pai. Era um som abafado, sempre uma voz masculina, no mesmo tom, constante, tocando o dia todo. Nem parecia português. Talvez fosse Deus.

A casa e os hábitos da família pareciam ter parado em algum momento entre os anos 80 e 90. A religião impunha aos seus seguidores uma série de desejos: mulheres não cortar os cabelos, usar calças, nem usar maquiagem ou brincos nas orelhas. Os homens não podiam usar bermudas e nem barbas compridas. Uma grande proibição geral era ter um aparelho de televisão, a alma da sala de qualquer casa do bairro.

A falta de tevê talvez explicasse toda a estética da família. Era quase um experimento social observar a vida de uma gente que vestia colete à prova de propagandas e estereótipos de estilo de vida.

No dia em que dava pra almoçar bebendo refrigerante, a escolha era Coca-cola. Porque era a mais especial. Entre Simbas e Dollys, Coca-cola era o que custava mais. E o que é mais caro é mais gostoso, disso a família de Isaías sabia, ainda que não fosse pela propaganda de Natal nem pelos americanos. Não há american way of life para quem não tem nem sequer um way.

As crianças são as que mais participam da vida social de uma favela. Brincadeira na rua, festinhas de aniversário, almoço na casa de alguém punham cada família no radar da rua. E, embora dissesse publicamente que não, a mãe de Isaías amava quando o menino ia pra casa de alguém almoçar. Um almoço que se come na rua é um almoço a mais em casa. Contas de mais faziam bem à mãe de Isaías.

As contas dela começavam no início do dia: a que horas Isaías poderia acordar a ponto de não dormir demais, mas também de não ficar por muito tempo acordado, porque quanto mais tempo acordado, mais comeria. Era quase um problema matemático: há cinco pães no pacote, se Isaías ficar acordado por 18 horas, quantos pães comerá?, pensava, como se a aritmética desse conta da fome e de uma criança em fase de crescimento.

Outra conta dizia respeito ao começo do mês: dia 5 era o dia da graça. As bênçãos caíam do céu em forma de bufunfa no banco. E como durariam até o próximo dia cinco?, esse era o problema. A matemática saía de cena, entrava Deus.

A falta de compreensão do que o homem dizia no sistema de som na casa era pela mistura entre a voz dele e as contas da mãe de Isaías. Era um murmurar diário, constante. Parecia conta, outras vezes era oração.

Mais perto do dia 20, a mãe de Isaías cantava. Era

uma oração com melodia, todo dia, o dia inteiro. A mãe de Isaías pedia a Deus que a família não sentisse tanta fome. Ela não queria nunca ter de dizer não de novo. Isaías era filho único, mas antes dele houve uma filha. Certa vez, a mãe de Isaías teve de dizer não a ela. Um bebê com fome chora, chora sem parar, um choro irritante de bebê. Mas chega uma hora em que o bebê com fome para de chorar. Foi o que a filha fez. Parou de chorar e ficou encarando a mãe, medindo seu rosto, contemplando. E as lágrimas não rolaram nem quando as fraldas ficaram sujas, nem quando a febre veio. O bebê, no seu analfabetismo, deixou de se expressar na língua do choro. E nunca mais chorou.

Na rua, geralmente, ou alguém tinha um apelido ou era alguém que pertencia a outro alguém. Tinha a Dinha, a Zezé, a Euzinha, as fofoqueiras da rua, mães de alguns meninos e meninas, que cumpriam um papel social de cuidar das outras crianças, ainda que o custo fosse falar mal das vidas dos pais dos meninos e das meninas. Quem não tinha apelido nunca era chamado pelo nome, mas pelo nome de outro alguém. Isaías era o gordo. A mãe dele era a mãe de Isaías ou mãe do gordo. O pai era o pai de Isaías ou pai do Gordo.

"Ô mãe do Gooooordo", gritavam no portão umas meninas. A mãe de Isaías apareceu, perguntou o que era. "Tá tendo briga na escola, o Gordo tá no meio", responderam.

Dia de ganhar leite na escola era o dia em que os pais pegavam os filhos no portão. Mesmo aqueles pais que geralmente não buscavam os filhos. Era sempre uma vez por mês. Leite custava caro, era como desfilar por aí com um bem. Por isso, pais e mães iam escoltar os pequenos e suas pequenas joias lácteas.

Tinha até uma tal de gangue do leite, uns moleques

mal-encarados que já haviam se formado na escola e pegavam os sacos de leite dos mais bobalhões.

Isaías voltava da escola, com seus dois sacos de leite a tiracolo, quando foi sequestrado por uma imagem: a notícia de um eclipse solar que poderia ser visto por inteiro no Chile e na Argentina. O aparelho de televisão estava exposto numa loja que fazia consertos de eletroeletrônicos na Rua Treze. Isaías tava parado, absolutamente imóvel, quase no meio da rua, mirando a caixa de luzes. Os velhos aposentados que batiam ponto na lojinha com seus palitos de dentes na boca, chapéu, camisa de mangas curtas, calça de corte e chinelos, observavam tudo, não diziam nada. Seguiam a rotina diária de nada e coisa nenhuma, como esfinges.

Foi o tempo para que a sombra da lua cobrisse totalmente o sol para que tudo se apagasse nas vistas de Isaías. A gangue do leite passou. Os moleques foram embora, montados em bicicletas, levando as duas sacolas com leite e até a mochila de Isaías. No assalto, o garoto caiu, quebrou um braço. Do chão, ainda olhou pra televisão, mas não conseguia ver mais as imagens. Tudo estava escuro. No chão, com dor, rapidamente, assim como a mãe, desembestou a fazer contas: seriam 28 dias sem leite.

MAMEDE

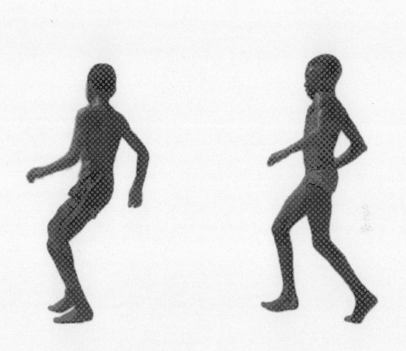

> "Calçada pra favela, avenida pra carro
> céu pra avião, e pro morro descaso
> Cientista social, Casas Bahia e tragédia
> Gosta de favelado mais que Nutella"
> Criolo, *Sucrilhos*

O diabo do menino voou pelo menos uns dez metros do chão. Só ouvi o bei, aquele barulho feio da gota, corri pra porta e vi o menino dando pirueta, caiu que nem um saco de batata na rua quente. Morreu na hora. Na hora. Não deu nem tempo de nada, nem de gritar ai. A outra, aí, a Noca, se desesperou, gritou, chamou por todos os Santos, eu liguei pro Samu, demorou feito o cão pra chegar, pra recolher. Tinha que ser logo o rabecão, Samu não mexe com isso, não, já tava morto, né? Morreu na hora. Deu nem tempo. Eu falo pra esses porra olhar direito como atravessa a BR, não é viela, é rodovia essa porra, mas não ouvem, tão com a cabeça na Lua. Foi coisa feia, voou uns 20 metros do chão. Não deu tempo de nada, o carro nem conseguiu frear. Mas não tem placa, não tem lombada, não tem porra nenhuma, dá nisso, não foi a primeira vez. E não vai ser a última. Mas não tem culpa o motorista também, é BR, tem que ter velocidade mesmo, vai fazer o quê? Mas, olha, o menino foi mais alto que esse poste ali, voou como daqui ali naquele mato. Foi feio. Não deu nem tempo. Acho que matou já na batida, já subiu morto, já. O quê? Como uns 20 metros de altura, não é, não? Que voou? Daí pra mais.

    Na hora eu lembrei do meu menino. Minha Nossa Senhora da Conceição, segura esse menino com teus santos braços, em nome do Senhor Jesus Cristo, Rei da

Glória. Misericórdia, Pai. Era meu menino ali, de novo. Mamede, meu filho. A mãe desse menino não vai aguentar. Tão pequenininho, parecia um pacotinho, deitadinho na BR, meu Jesus, meu Deus. Por que não olhou, meu filho? Tava com sanguinho saindo do narizinho, muito feio, eu peguei uma colcha pra cobrir, pra não expor, né? Olha, essa mãe, eu não sei se suporta, não, viu? Eu tinha acabado de sentar na cadeira, tinha acabado de comer, a comida quase voltou, eu falei, meu fio, o carro, fio. Minha Nossa Senhora. Eu lembrei do meu menino. Mãe não se esquece dessas coisas. Nunca. Meu Mamede tá do lado do Pai, tá na glória eterna agora, eu creio, mas não é fácil, viu? Jogarem terra no caixãozinho do seu filho, enterrarem seu filho na terra, só pela graça. É muito duro. Essa mãe, eu não sei, viu? Eu não sei, não.

Meu braço não mexia. Meu olho não piscava. Eu tava travado. Eu sentia que meus dedos tavam afundados no volante, meus dedos doíam, o couro do volante afundava, eu sentia, na verdade, cada parte do meu corpo, eu sentia todas as partes do meu corpo que tavam em atrito com alguma coisa. As minhas costas no banco, a calça encostando nas pernas, eu sentia cada osso dos meus pés nos sapatos. Meu coração tava agora dentro da minha cabeça, batendo numa velocidade que eu nunca tinha sentido, eu achava que ia infartar. Eu conseguia mover meus olhos, parecia que só meus olhos tinham sobrevivido àquela batida, tavam dentro do meu corpo trancafiados, em busca de fuga, eu olhava pelo retrovisor, não havia carro nenhum atrás, nenhum à frente, olhava pros lados e um homem de calça social, camisa de mangas curtas, chapéu, bigode e um cigarro e uma senhora de vestido amarelo, pano com bolinhas coloridas na cabeça e palito nos dentes me olhavam, aterrorizados, ela com as mãos na cabeça, o homem com um olhar de superioridade, enigmático. Ele foi até o menino, fez o sinal da cruz, se virou e cuspiu. A senhora gritava por uma infinidade de santos. Eu sentia cada uma das gotas de suor do meu corpo. Eu lembrava estar de vidros fechados, com ar ligado, mas os vidros tavam abertos, o calor invadia todas as partes do meu Pálio. Será que eu tava me mexendo e não tava percebendo? Será que meu cérebro travou? Eu estava em pânico, não concebia a ideia de destravar o cinto, abrir a porta, descer e ver o menino que eu acabara de atropelar. Porra, moleque, como você não viu um carro vermelho duas da tarde? Caralho! Eu vou me foder bonito, puta que pariu. Pelo amor de Deus, o que eu faço? Eu vi o moleque correndo, um estrondo e de repente ele caindo, na frente do meu carro. Só podia ser mentira. Não fui eu, não fui eu. Sei lá, ele deu um salto, ele pulou de cima da quitandinha aqui. Não é possível, meu Deus. Não é possível.

Eu senti que eu voava. Eu vi a BR, o carro, a quitanda, as casas, dona Noca sentada na cadeira de balanço, as plantações de cana, vou dizer, vi até o mar, mas você vai dizer que é mentira. A sensação foi de que eu fui muito alto. E não doía. Não dava medo. Uma hora eu tava correndo pra atravessar a BR e de repente eu tava muito alto. E eu vi tudo, eu vi com muito detalhe, durou muito tempo, mas ao mesmo tempo foi rápido, porque logo eu já tava no chão, deitado de lado, com a cabeça no sentido oposto ao do carro vermelho que me atropelou. O que eu via era só a estrada. Eu nunca na minha vida pensei que quando a gente morria a última imagem que a gente visse ficasse na mente pra sempre. Tudo o que eu me lembrava era daquela estrada, do sol quente e da miragem de água na BR até onde a vista alcançava. E só.

AS VIÚVAS DO BAILE DA MEMÓRIA

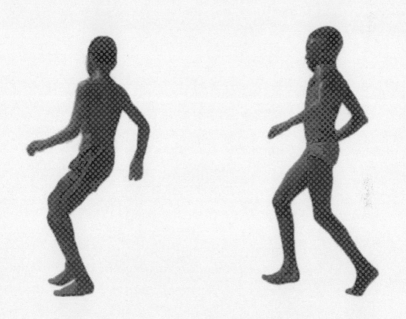

> *"Às vezes me afundo, fico reclamando*
> *De tudo, de todo mundo*
> *Bate um desespero ver alguém matar alguém*
> *Por meros 30 dinheiros, fato corriqueiro*
> *Mas não me acostumo, nem gosto do cheiro"*
> Itamar Assumpção, *Z da questão*

Quarta, quinta e sábado. Sempre depois do dia 5. Esses eram os dias de Baile da Memória. Portanto, dias de agenda travada pra Jonas. Nada de futebol. Nem de pipa. Nem de rua. Ele levantava na quinta cedinho, pedia pra mãe lavar a camisa branca e a calça azul-céu, asseava o sapato branco e raspava os pelos ralos do bigode com um prestobarba laranja meio enferrujado, no limite entre o corte rente e o tétano.

Antes do banho, Jonas estourava as espinhas, estancava o sangue e o pus com pasta de dente e cortava as unhas da mão. Depois do banho, um pouco de creme Nívea roubado da irmã, gel Bozzano nos cabelos e um pouco de perfume da Avon. Jonas não sentava o dedo no disparador do perfume, ia até à metade, diminuindo a força do jato e, assim, economizando. Lera que o perfume perdia o cheiro se ficasse na luz, por isso guardava o vidrinho no fundo do armário, onde também ficava longe da mão leve dos irmãos. Mas nos dias de baile, levava o frasco consigo.

Todo mundo sentia o cheiro de Jonas no quintal. Entre as panelas de feijão chiando, os latidos de cachorros, o Jornal Nacional ao fundo e as crianças brincando, saía ele, suando na noite quente.

Era passar na rua para se ouvir a zoada dos moleques, "Ó o papa-defunto!", "Já vai caçar, Jonas?", "O baby tá cheiroso!". Ele ria com a confiança de quem sabia que tinha algum porte. E sabia que no fundo a zoeira era uma admiração misturada à inveja.

Aos 17, Jonas virou dançarino de aluguel no Baile da Memória. Se somadas, as idades de suas clientes chegariam facilmente aos 900 anos. A música começava às nove da noite, e a primeira, Maria Doralice, 73 anos de Grajaú, já estava esperando. Por mais que os meninos da rua quisessem criar um cenário de sexualidade, havia muito pouco clima no ar. Jonas tinha idade para ser neto de suas clientes, e elas assim o enxergavam: um menino de vó. Às dez, era a vez de Rosália, 69 anos de estrada, que, como pagava menos, perdia a vez para Sônia, 75 de carreira, quando o relógio batia dez e meia da noite.

Lá pelas 23h, Maria Doralice, Rosália, Sônia e todas as viúvas e solteiras do Baile da Memória já estavam exaustas. E era quando Jonas bebia um cuba-libre e acendia um cigarro, sempre dado por alguma das senhoras. Começou no vício porque achava bonito. Toda quinta sentia um gosto ruim na boca, a língua grossa ao acender o primeiro. No domingo, já estava habituado ao gosto, acordava na segunda à procura de mais um trago. Mas aí passava a vontade. E passavam também os dias até ser quinta-feira de novo. Nunca frequentou o colégio nas quintas e nas sextas. Não à toa, reprovou no primeiro ano do colegial duas vezes. Só não foram três porque, aí sim, oferecera seus serviços sexuais, até então desconhecidos, à diretora Magda.

Um dia, foram para a casa dela. Papo vai, papo vem. Aceitou uma cerveja Brahma, Magda picou em quadradinhos uma peça de mortadela que havia comprado mais cedo, colocou umas azeitonas velhas num potinho e ofereceu pro garotão. Era a primeira vez que a diretora Magda transava em casa com o aluno, todas as outras fodas tinham sido na própria escola. Depois de se entregar, batia uma culpa e a mulher jurava nunca mais repetir aquilo, até ver, de novo, Jonas, seu perfume, sua roupa. Limpou a casa como nunca, deixou tudo nos trinques pra receber o meninote, comprou até uma lingerie.

Jonas explorou a casa, circulou pelos cômodos. O piso era de azulejos, lindos, bem diferentes do chão de cimento queimado de sua casa. Havia paredes acabadas, pintadas de laranja e verde e uma porção de porta-retratos. Jonas entrou num dos quartos e olhou a cama do filho da diretora, um quarto lindo, com livros, cartazes de banda de rock, um computador protegido com uma capa para evitar poeira. "Tem Speedy?", perguntou. "Tem sim", respondeu a diretora. "Mas não vamos falar de internet agora", ela complementou.

Jonas nunca havia entrado numa casa tão bem estruturada no bairro. Ficara chocado. Mas fez o que tinha de fazer, comeu a diretora, garantindo sua ida ao segundo ano.

Meia-noite, cadeiras viradas em cima das mesas, apenas o globo rodando sem nenhuma música tocando, Jonas pressionava de forma bem generosa o perfume e voltava a pé, pra vila. Ia assoviando, com sua confiança de sempre, ainda que vazio.

RECADOS DA TERRA

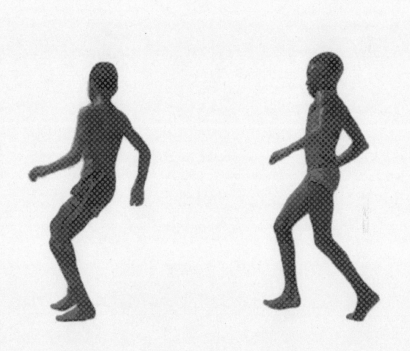

> palavras para manoel de barros
> *"apetece-me des-ser-me;*
> *reatribuir-me a átomo.*
> *cuspir castanhos grãos*
> *mas gargantadentro;*
> *isto seja: engolir-me para mim*
> *poucochinho a cada vez.*
> *um por mais um: areios.*
> *assim esculpir-me a barro*
> *e re-ser chão. Muito chão.*
> *apetece-me chãonhe-ser-me."*
> Ondjaki

A beterraba é assim, tão roxa, porque quer dizer alguma coisa. Não é possível. Não pode ser à toa, um legume tão diferente dos outros. Já abriu uma beterraba, já viu o quanto ela sangra, o quanto ela mancha? O cheiro de uma beterraba cozinhando na pressão é o cheiro da terra fervendo. Ninguém nunca disse que fundura vai uma beterraba na terra. Eu tentava ouvir o recado do buraco mais fundo do chão quando puxava uma delas. Engoli um pouco de suor, que não para de escorrer pela cara. Senti o sal, passei a mão na testa pra estancar. Vinte e sete beterrabas no carrinho. Fiquei brisando na terra debaixo das minhas unhas, nos grãozinhos bem pequenininhos, quase uma sujeirinha de terra nas linhas da palma da mão.

É só assim, numa noia inventada dentro do crânio, que os dias vão correndo. Descer no inferno não é o problema. A questão é como sobreviver lá sem ter previsão de saída. Futebolzinho, comida de mãe, pipa, baile, as novinhas. Tudo lá fora, nada aqui dentro.

Sexta-feira, que que ia tá fazendo? Acordar meio-dia, devolver os dvds na locadora, comer uns seis pãezinhos, leite com Nescau, uma bolinha com os moleques, soneca, banho, espirrar um pouco de Kaiak e partir pro baile, beijar cinco, sete, dez bocas. Cigarro de cravo. Cinco da manhã, dia começando a pegar, chegar em casa e apagar. Acordar no sabadão a tempo de comer um pastel de carne especial na feira. Coca KS, gelo e limão. Empinar uma pipa. Fazer cerol, ir na laje do Dilsinho. Réloooooooow! Manda buscar, carai! Cortar várias pipas. Tá louco. Daria um braço. Um braço não, um rim pra estar lá fora.

Vez ou outra lá no pátio eu vejo uma pipa no céu, fico tentando adivinhar de onde é, penso que é o Dilsinho ou o Bill ou o Gordo. Fico pensando se os moleques ainda soltam pipa, se eu ainda vou soltar quando eu sair. Mas não sei se vou ter 28, 25 ou 40 anos. 40 anos, mano. A vida acabou!

Quando eu comecei a cozinhar pra encurtar minha pena, entendi que as beterrabas, as batatas e as cenouras queriam me indicar um caminho. Cavar que nem uma toupeira do Tom e Jerry e cair no mundo era a meta. Era a saída. No começo, pensava que os agente eram otários de deixar a gente com pá e enxada. Aí entendi o trampo do caralho que era cavoucar na terra e que ia ser difícil pra porra sair. Desisti da fuga. E brisei na ideia de que dá pra sair da lama, se limpar e se colocar bonito, cheiroso, apresentável. Sentia falta de passar um perfume, de parecer gente. Dava uma fissura, tinha dia, parecia abstinência de droga. Eu queria ir só dez minutos ali na esquina. Juro que eu voltava. Só que eu tava no caminho certo, tava entendendo os recados.

Meti o apavoro numa madame na saída do Itaú da

Teotônio. Tinha dois policiais à paisana, ganharam a fita. O que eu senti primeiro foi minha perna queimando. Parecia um beliscão, aí virou uma queimação de sol, irradiou pras costas. Tudo ficou em câmera lenta, eu não conseguia mais andar, fui caindo, a mulher correu, soltei a bolsa dela, lembro de tudo caindo, uma escova de cabelo, carteira, uma caixinha com um monte de remédio abriu, os comprimidos caindo na água correndo no meio- -fio, na carteira dela tinha duas fotos três por quatro, duas menininhas. Ficaram me encarando, eu caído na calçada e nós três, eu e elas, que nem estátua. Aí os homem chegaram gritando, pedindo pra colocar a mão na cabeça.

Por incrível que pareça, fiquei mais de boa quando entendi que era um tiro na perna e que tava sendo preso. Mas o tempo fechou na delegacia. Falar com minha coroa me fodeu demais. Ela perguntava o que faltou pra mim, eu não sabia responder. Ela perguntava se eu não tinha vergonha, eu não falava nada. Foi a primeira vez que vi ela falando palavrão. "Você quer me foder, Matheus?". Eu fiquei em choque. Ela jurou nunca pisar na cadeia pra me visitar. E por 1 ano e 8 meses foi assim. Ela não veio.

Ficar doente longe da mãe é foda. Desde que entrei aqui, tive muita febre. Uma noite eu tive febre de 39,5 graus e quase me internaram. Eu delirei. Começou a voltar na minha mente o último dia que eu tinha visto televisão. Eu e minha coroa na sala, vendo o Jornal Nacional. Eu entrei na pira da voz do William Bonner no meu ouvido, como se, de um lado, ele tivesse dando as notícias e, do outro, eu ouvisse minha boca mastigando a comida da minha mãe. E aquilo ia e voltava, eu achava que tava sentado no sofá de casa. Queria mastigar, queria levantar e baixar o som da televisão. Minhas pernas doíam, minhas costas doíam, meu dente doía.

O ar começou a faltar. E era diferente do que eu imaginei. Eu não sentia que tava sufocando, eu me sentia enjoado, parecia que ia vomitar. Os médicos me mandaram deitar de bruços, pra aliviar os pulmões. Pneumonia. Das brabas. Pensei que não fosse passar daquela. Aqueles dias eu só pensava na minha mãe.

Um dia, me avisaram que ela tava me esperando. Chorou quando me viu. Não deu abertura pra um abraço, sentei na frente dela e baixei a cabeça. Ela perguntou se eu sabia o que ela tinha passado pra entrar ali dentro. "Sabia que eles tavam tentando ver se havia algo dentro da minha calcinha, Matheus?" Comecei a chorar. "Você não sabe de muita coisa da vida, meu filho." Parecia que minha cabeça pesava uma tonelada.

Eu queria saber tudo o que ela poderia me contar. Se tinha conseguido rebocar as paredes da casa, como tava o Pingo, se ainda tava indo direitinho na igreja. Eu queria que minha mãe me contasse uma história, me falasse do dia dela. Queria saber se ela tava acordando cedinho e fazendo o café melado de açúcar, se tava fumando o cigarrinho dela de toda manhã, escondida pelas plantas, se limpava a casa ouvindo as melhores da Whitney Houston. Mas eu não conseguia abrir minha boca.

"Eu vim aqui dizer que sua avó faleceu. Vão enterrar ela nos Girassóis."

Minha avó achou, até o fim da vida, que eu tava trampando em Minas com meu pai. Eu queria derreter ali, diante da minha mãe. Eu juro, só pensava em como eu ia voltar ali pra dentro do pavilhão e me matar. "Olha na minha cara, Matheus! E me dá um abraço!" Era uma ordem, eu cumpri. O cheiro dos cabelos da minha mãe era bom. Cheiro de doce de coco misturado com cigarro. Ela também tava chorando. "Me perdoa?", sussurrei, tipo um moleque trocando de voz na adolescência. O agente apareceu, disse que ela tinha que ir embora.

Jurei que quando eu saísse da jaula ia cozinhar pra minha coroa. Lasanha, frango assado, pão. Tinha aprendido coisa pra caramba. Era meu pensamento, minha motivação. Vou entrar no Senac, conseguir uma bolsa, virar cozinheiro. Ex-presidiário. Como? Jó 33:6. Sou como tu, também vim do barro. Todo mundo é igual nessa porra. Eu queria ser igual, mas sabia que não era. Tava marcado feito terra queimada. Nada cresce em terra que já pegou fogo, nem capim.
Dentro da cozinha a gente lava, descasca e pica. Beterraba vira salada com cenoura. Batata vira purê. Eu sabia que era elite ali, em outros presídios a comida parecia papelão. A cozinha começava a funcionar às cinco da manhã. Roupa branca, avental, bota, redinha no cabelo e máscara. A gente cozinhava a manhã toda. Dava hora do almoço e nem queria comer mais. Depois, tinha que lavar as louças e a cozinha toda. Até dar cinco da tarde, tinha que arranjar trampo e aí a gente ia pra horta, colher o que ia ser comido no outro dia. Era tudo orgânico, aprendi lá. Direto da terra, com os nutrientes da terra, com os males da terra. Eu li pra caralho ali dentro. A Bíblia, Ferréz, Clarice. Os livros me mostraram que tudo que existe pode ser bom e pode ser também ruim. Aquela ideia me dava paz, alguma perspectiva.
O pior dia dentro da cadeia foi quando enterraram minha vó. Eu sabia que o enterro ia ser às duas e meia. Meio-dia, sol a pino. Péssimo momento pra colher. Era insuportável dentro da cozinha também. Quase sempre um calor da porra. Era depois do ápice do funcionamento das panelas. No sol a pino tudo já estava pronto, mas precisava se manter aquecido. O feijão precisava borbulhar. O arroz necessitava do calor, mas não podia empapar. As carnes às vezes ficavam em cima das panelas de arroz e feijão, recebendo o calor. Nossas caras derretiam.

Uma hora, começou a baixar. Era fevereiro, um inferno. Quase todo mundo comia na primeira hora do almoço, quem quisesse comida boa tinha que chegar nos primeiros quinze minutos da uma da tarde. Já saiu treta, já teve quase morte por um purê de batata. Marmanjo saindo no tapa por comida.

Duas. Duas e alguma coisa. As louças já estavam sendo lavadas. Num tanque grande os copos e em outro, os pratos. Tudo de plástico, inclusive os talheres. Na cadeia tudo vira arma, mas era difícil fazer alguma coisa com aquilo, até comer era difícil. Esponjas diferentes para os copos e para os pratos. Não tem nada pior do que copo com cheiro de ovo podre.

Duas e meia, eu tive certeza. Como? Uma sensação de asfixia. Ia morrer, sei lá que porra era aquela. Eu já tinha sentido a morte muitas vezes, em diferentes situações. Parecia que havia tomado de novo um tiro na perna. Eu sentia a morte, mas não a minha. Eu sentia um desligamento, uma força. Era como se uma parte de mim tivesse sendo retirada e puxada.

Tão jogando terra na minha vó, caralho, tão jogando terra na minha vó! Tirei a camisa, comecei a suar como nunca. Gritava. Me senti naqueles sonhos em que você grita e não sai som nenhum. Até os atendentes de saúde do pavilhão ficaram cabreiros, me ajudaram, me deram água. Naquela tarde fiquei fora da escala. Saí da cozinha, sentei perto da horta, tava mais fresco por lá. Entendi o recado. Minha avó virou chão. Terra. E, depois, sei lá, um pé de alface. Uma beterraba. Eu entendi, a couve que eu colhi tinha um pouquinho da minha avó.

EMPENAS E MANGUEIRAS

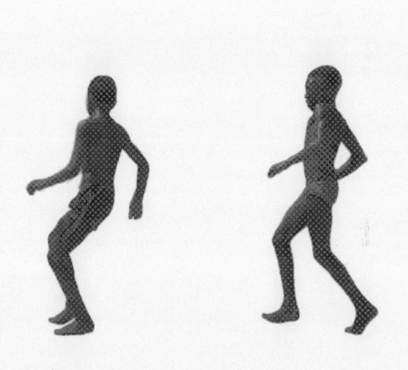

> *"Y así como todo cambia*
> *Que yo cambie no es extraño"*
> Mercedes Sosa, *Todo câmbia*

Costumo ter mais medo das turbulências durante o voo do que de pousos e decolagens. Sei que os especialistas em aviação costumam dizer que são justamente as partidas e as chegadas os momentos mais delicados da coisa toda. Assim como as chegadas e partidas da vida. Mas é angustiante estar tão longe do chão, ouvindo ruídos inconclusivos e assistindo às caras blasé dos comissários.

Mas eu, agora, enfrento meu medo de avião de volta à minha cidade natal. E nenhuma sacudida dentro da engrenagem de lata que me suspende sobre a Amazônia é mais delicada do que o que me espera no norte do Brasil. Engraçado o uso da palavra delicado. Delicadeza é um belo eufemismo pra risco. Subidas e descidas de avião são na verdade arriscadas. Chance de morrer mesmo, de dar tudo errado – distraio meus pensamentos sentada na poltrona F12, fazendo troça com o medo.

Um comissário, entre seus 45 e 50 anos, gay, com um sotaque paulistano, meio italianão, horroroso, pede que uma senhora coloque o cinto. Ela diz que a aperta. Ele diz, em tom jocoso, que ela precisa emagrecer. "Tem que ficar como eu, fininho." A passageira da frente, irônica, retruca que tudo dentro do avião é muito pequeno, não há espaço pra nada, não há magreza que ajude. Ainda fazendo graça, o comissário diz que não come pra conseguir trabalhar dentro das aeronaves. Estávamos na iminência de virar patê a não sei quantos pés de altitude e eles rindo. Ficava mais angustiada ainda.

Faz 32 graus em Belém, avisam pelo sistema de som do avião. O procedimento de pouso fora iniciado. Todos voltando as poltronas à posição vertical. Olho pela janela, encaro a cidade se aproximando. A possibilidade do chão me acalma. E eu olho a cidade com a surpresa de quem olha alguém que envelheceu longe. Cada mancha escura de mofo nas empenas é como uma ruga forjada pelo bafo do tempo e da umidade; o verde a mais ou a menos das mangueiras era um cabelo a mais ou a menos preso ao couro cabeludo. Só o rio é o mesmo: o Guamá lambe a franja de Belém como sempre lambeu.

Pousamos, sem delicadeza. E sinto uma descarga de adrenalina. Poderia deitar ali mesmo, no chão do desembarque, e cochilar, pra restaurar as forças dispensadas nas pouco mais de duas horas voando. Mas minha missão no Pará era árdua. Estava de volta em casa. O calor me abraça e invade todas as partes do meu corpo. É que eu também havia envelhecido, e a cidade me olha tentando ver o que o tempo havia feito com minhas empenas e mangueiras.

O medo de voar havia me feito refém do transporte terrestre. Minha última vez em minha cidade foi exatamente na minha partida, bastante delicada por sinal. Com 20 anos, recém-aprovada no concurso do Banco do Brasil, peguei um voo para a vida adulta com céu de brigadeiro. Mas o céu da Amazônia é traiçoeiro. Primeiro, uma turbulência de leve. Depois outra, mais forte. "Senhor Jesus, põe tuas mãos, Pai", clamou a passageira ao lado Agarrei os braços da poltrona, encostei o pescoço no banco, olhei pro teto fixamente. De repente, por três segundos, o vento jogou o avião alguns metros pra baixo. Eu, sem cinto, fui arremessada de cara contra o bagageiro. Tudo saiu do lugar: passageiros, comissários, malas, revistas, livros, bebidas e comidas contra o teto. Silêncio. O silêncio celestial. Nem mesmo as turbinas pareciam estar ligadas.

Abro os olhos, olho para baixo, afivelo meu cinto, vejo pela janela, céu azul. Olho de novo pra baixo, sangue. Começo a perceber de novo os sons. A turbina. Os gritos pra Deus. "Por favor, há algum médico neste voo? Precisamos de atendimento aqui na frente, por gentileza", ouço pelo sistema de som.

Levo a mão ao rosto, mais sangue. Meu supercílio está aberto. "Senhores passageiros, como devem ter percebido, passamos por uma área inesperada de turbulência. Mantenham-se sentados e com cintos afivelados".

Finalmente um médico no voo. Levanto a cabeça e vejo no final do corredor apenas os pés de uma mulher, deitada, ocupando as três poltronas da fileira. A senhora ao meu lado vomita na edição do *Correio Braziliense* que eu havia trazido pro voo, que tava presa na poltrona à nossa frente. Pego um guardanapo do chão, sem a certeza de que era o meu, e limpo o sangue.

"Senhores passageiros, para a segurança de todos, faremos um pouso no aeroporto de Palmas para averiguar as condições da aeronave. Contamos com a colaboração de todos." Gritos de novo, agora de insatisfação.

"Tripulação, preparar para o pouso."

Meu pior voo foi meu esconderijo. Achei que tinha voado para uma vida nova, mas ela ainda taxiava. A chamada para o concurso para o qual fui aprovada atrasou em alguns meses. Sem nenhum puto no bolso e nenhuma cama amiga, dormi na rua. E não foi tão difícil assim. Todo mundo precisa dormir. Toda noite. Um dia é numa cama, no quentinho, no outro dia é num papelão. Eu entendi, depois, que tá todo mundo a um passo de dormir ao relento, de perder tudo.

Eu também fiz ponto na rua, transei por dinheiro. E isso foi difícil. Mas precisava me alimentar, e todo mundo come, todo dia. Ao menos duas vezes por dia. Eu vi, só depois, que tá todo mundo propenso até a matar por um resto de comida do lixo. E por um copo d'água. Todo mundo fala da fome, mas passar sede é pior. E eu vi. Eu senti. Fiquei três dias sem beber água, até que choveu e aí eu bebi. Chuva ácida depois da seca em Brasília. Passei a agradecer a deus, ainda que não siga um, todo dia, antes de comer.

A rua deteriora, não tem vaidade lá, é só vício. Eu já não fazia meus bicos de manicure nem de cabelo. Pra sobreviver, era mais mulher de noite, no ponto. De dia, era uma figura meio andrógina. A pobreza não incomoda, o que incomoda é estar fora da ordem.

"O Marilande tá indo aí", "É o senhor Marilande que tá aqui esperando", "Mari o quê?". Eu tinha vontade de morrer a cada interação, a cada aperto de campainha, a cada ligação. A sensação da sede na garganta não era tão ruim quanto trabalhar de office-boy. E esse tipo de situação não é todo mundo que sente. E, depois dos 40, eu não aceito mais viver nada semelhante a isso.

A rua me ensinou a me sentir menos passada pra trás. A ter menos pressa. Eu nem estou em tanta desvantagem assim.

Atravessei meu deserto, a burocracia andou, o concurso chamou. Por um papel, umas assinaturas e uma firma reconhecida, virei gente. Num dia comia lixo, no outro tinha um cartão de alimentação. A vida entrou nos eixos, numa rotina boba e previsível. E confortável.

O calor dentro do saguão me matava. Meu irmão estava para chegar, há 20 anos não nos víamos. Eu já estava há duas horas no aeroporto, esperando. Mas não eram só duas horas. Eram 20 anos e duas horas de espera. 20 anos, duas horas e mais um segundo, 20 anos,

duas horas e mais dois segundos.
Trovão e chuva. Muita chuva. Era o fim de tarde de Belém. Trovão nunca dava medo na gente, lembrei. Nem raio. Nada. Era água mesmo que dava medo. Era começar a chover pras paredes do nosso quarto na infância virarem cachoeiras. Com o tempo a água foi cavando uma passagem na parede, descascando a tinta. A água escorria e seguia o mesmo trajeto. Marilson pegava os baldes e o pano e eu começava a secar o chão. Ele chorava, porque tinha muito mais medo da água do que eu. Não ajudava em nada.

O pai chegava, transtornado. Molhado da chuva. O olho vermelho-sangue, esbugalhado. E a gente apanhava. Apanhava porque tinha entrado água nos cômodos. E os pés da única cama da casa já estavam podres.

Marilson apanhou de soco numa noite. O pai dava murros nele e o som da mão fechada do pai na barriga de Marilson era o som mais triste que eu já tinha ouvido, não era como o som dos filmes de luta. Eu só não apanhava porque estava sempre fazendo comida ou mexendo em alguma coisa na cozinha.

Em outro dia de fúria, o pai começou a nos bater quando a panela de pressão tava no fogo. Apanhamos por cinco minutos. Ou cinquenta. Eu tentei contar, porque estava de olho no relógio pra tirar a pressão da panela. Apanhamos até que ficássemos com as pernas bambas. Eu não sentia o ardor das marcas deixadas pelo cinto de couro ou dos cortes e furos que a fivela de metal fazia nas nossas pernas e costas, nada, mas sentia o corpo bambo, não parava em pé.

A panela explodiu.

A tampa quebrou os vidros da janela da cozinha e todos os copos e pratos no escorredor. O pai nunca mais nos bateu quando havia panela no fogo. Às vezes, eu até corria pra cozinha quando sentia o cheiro nauseante de pinga com suor que tomava o corredor do prédio. Mas com a janela da cozinha quebrada, quando chovia entrava água por lá também. E por isso apanhávamos mais.

O som da chuva me deixava com as pernas bambas. Percebi que estava sentada há meia hora lembrando as surras que levava do pai até que uma goteira maldita no teto do saguão do aeroporto me trouxe de volta à realidade. Decidi lavar o rosto, retocar o batom. Era o primeiro espelho em Belém no qual me olhava. Era eu me vendo dentro da cidade. Eu tava lá, ao contrário, refletida.

Decidi escrever com o batom meu próprio nome numa folha pra que Marilson me visse, caso não me reconhecesse. Lan-de. Em vermelho, numa folha de agenda. Saí do banheiro e voltei para o desembarque, como que esperando por mim mesma.

Eu estava há vinte anos e quatro horas esperando por meu irmão, já sem muita força de ficar com o meu nome em punho. A chuva continuava incessante.

Molhado dos pés à cabeça, entra um homem feito no saguão. Era Marilson. Ele me olha, de longe, achei que tentava entender o porquê de eu estar segurando uma placa com meu próprio nome. Quanto mais se aproximava, mais eu percebia que me encarava nos olhos.

Eu sempre fui mais alta que ele, via sempre ele me olhando de baixo, com olhar assustado.

Eu sabia que ele me olhava, atento, pra ver se eu chorava enquanto apanhávamos. Marilson aguentava firme. E eu tinha tanto orgulho dele. Dá pra se pensar muita coisa enquanto se apanha. Eram 20 anos e um punhado de horas sem ver meu irmão. Estaca zero. Tudo era novo. Ele me encarava, assim como a cidade, pra ver o que em mim tinha mudado nesse tempo longe.

A ETERNIDADE

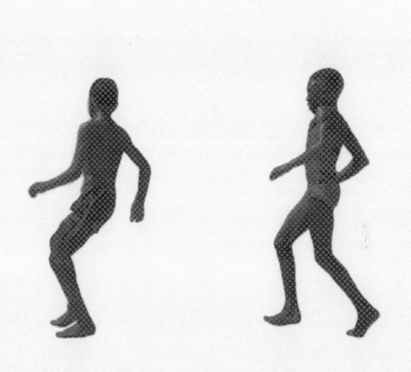

> "O sonho de Urano funcionou como um vírus em meu cérebro. Desde aquela noite, quando estou acordado, cresce em mim a sensação não só de ter um apartamento em Urano, mas também de que é em Urano que desejo viver."
> Paul B. Preciado

A fala do pastor naquele culto, domingo à noite, me pegou. Toda vez que minha cabeça repetia a palavra eternidade minha espinha gelava. Eu queria a salvação da minha alma, receber a coroa da vida e caminhar pelas ruas de ouro prometidas nas pregações. Mas sabia que precisaria pagar um preço: esconder o meu desejo.

Depois do culto, era Laura quem empurrava minha cadeira pelo corredor entre as fileiras dos bancos até a cantina nos fundos. Comíamos cachorro-quente com guaraná e, de sobremesa, bolo de chocolate. Laura era engraçada, meio destrambelhada, batia a cadeira nos bancos e nas paredes. Uma vez, ri tanto que fiz um pouco de xixi. Ela não percebeu, puxei um pouco a saia. Ufa!

Passávamos horas e mais horas conversando sobre a vida e o universo. Ela que me apresentou num livro os gigantes gasosos. As páginas puídas, manchadas pela umidade, mostravam imagens do sistema solar e ela falava de modo fantástico o fato de alguns mundos não terem chão firme, serem apenas massas de gás e morte. É impossível pousar lá, ela dizia. Ficaríamos vivas por nem um segundo. Eu amava quando Laura me incluía nos seus planos interplanetários. Planos que eram meus também.

Todo domingo, depois do culto, ela aparecia com um par de binóculos e, até que nossos pais nos chamassem de volta, ficávamos tentando ver as estrelas. Tinha estrela que não era estrela, era planeta. Eu me sentia tão pequena diante daquele céu e diante de todo o conhecimento de Laura que achava que fosse viver o fim do mundo. Por muitas vezes, tive certeza de que morreria num desses domingos. E eu não tinha certeza se teria minha alma salva. Minha tática era me antecipar ao golpe de morte e pedir perdão a Deus pelos meus pecados na virada entre a vida terrena e a vida celeste, como se estivessem sob meu controle os mistérios daqui e de lá.

A cada domingo, sentia que carregava nas costas um manto carregado com meus pecados. Arrastava-o pelas ruas do bairro, pelos bancos da igreja, pela cantina. Laura estava pregada no manto. Num desses domingos, com aquele gosto de fim do mundo na boca, me ajoelhei ao chegar em casa. E clamei. E, como numa experiência de quase-morte, me vi do alto, ajoelhada, mas me segurando na cama, com a força dos braços, orando, chorando e movimentando meu tronco pra frente e pra trás. Comecei sussurrando uma oração e um tempo depois parecia estar gritando, sentia minha garganta quente e o pulsar do meu coração no pescoço.

Abri os olhos, o que eu vi foi a laje de casa e as ruas do bairro, as aleluias circundando as luzes dos postes. Eu estava subindo, via as nuvens me atravessando. E tudo foi ficando mais distante, mais alto.

Era como se eu estivesse sentada numa montanha-russa, entrando numa outra atmosfera. Eu não sei ao certo se saí da terra, eu apenas virei a cabeça e quando me dei conta fui cercada por nuvens douradas.

Olhei para baixo e vi uma terra vermelha, uma luz de fim de tarde. Um cheiro forte do que parecia ser anis me tomou completamente. Não ouvi voz nenhuma, mas sei que alguém falou que seria ali que eu deveria recomeçar.

Eu não sentia mais as minhas preocupações de menina. Eu pensava sobre filosofia, sobre ética, sobre democracia. E o teatro? E a Grécia? E a física?, eu gritava, em silêncio, enquanto era levada sentada, quase em posição fetal, por aqueles céus e terra. Imediatamente aceitei a missão de recomeçar a viver naquele novo lugar, mas extremamente preocupada em como fazer isso possível. Eu achei importante olhar pra trás, mas não quis. Parei pra ver se estava respirando, se estava piscando os olhos. E estava. Olhei para as minhas pernas e vi que estavam com mais massa muscular. Será que naquela dimensão eu dependia de uma cadeira de rodas para me locomover? Numa outra igreja que íamos o pastor falou que a Bíblia dizia que as pessoas com problemas não entravam no céu. Por diversas vezes, à noite, deitada, imaginava como seria o julgamento final. O lago de fogo no qual seriam lançados os que tivessem a entrada negada no reino dos céus. E era um alívio pensar que as pessoas creditariam à minha paralisia e não à minha vontade de mergulhar em outra mulher a minha ida ao inferno. Paralíticos, pederastas e feiticeiros não entravam no reino dos céus, dizia o pastor. Torcia para que Laura fosse uma bruxa.

    Um golpe de vento, girei. Uma cambalhota no céu, em pleno voo. Senti que começava a despencar daquele céu. O cheiro de anis diminuía, sentia areia entrando nos meus olhos e um gosto de fumaça de pneu queimando. Minhas pernas se movimentavam. E também os meus braços. Era uma queda livre. Fechei os olhos quando vi que daria com a cara no chão, tudo ficou escuro, mas não doeu.

    Foi como a sensação de mergulhar a mão num saco de feijão, senti meu corpo atravessar a terra e quando tomei coragem de abrir os olhos, estava de volta à minha cama, ajoelhada, mas sustentada pelos braços.

Meus braços estavam exaustos, duros, tremendo. E desabei de novo. E aí, doeu. Me arrastei até minha cadeira, subi, fui até a cozinha, bebi um copo d'água, a garganta estava seca como nunca. E meu manto pesava uma tonelada.

NÚMEROS

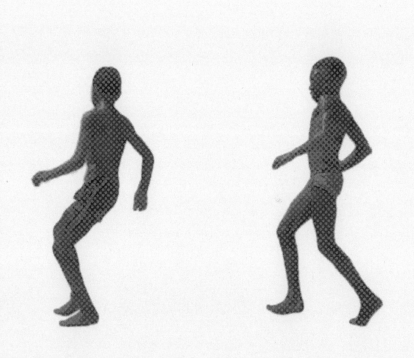

> *"Se dona Maria soubesse que o filho*
> *Pecava e pecava tão lindo*
> *Pegava o pecado, deixava de lado*
> *E fazia da terra uma estrela sorrindo*
> *Hoje eu saí lá fora*
> *Como se tudo já tivesse havido*
> *Já tivesse havido a guerra*
> *A festa já tivesse havido*
> *E eu, e eu, e eu, e eu só fosse puro espírito"*
> Paulo Leminski, *Filho de Santa Maria*

1 – Eu fiz uma descoberta, Caio disse em tom de surpresa, como se a memória desse fato novo tivesse invadido sua mente. O que você descobriu?, perguntou Luciene.

2 – Eu não gosto de jogar futebol, mainha. E agora?, insistiu a mãe.

3 – E agora não sei. A profe Regiane disse que a gente faz descobertas sobre a gente mesmo algumas vezes, mas que nem sempre a gente precisa fazer alguma coisa com elas.

4 – E o que você vai ser quando crescer, se não gosta de futebol? Quero ser motorista de ônibus, eu acho. Ou de trem. De trem é maquinista, alertou a mãe. Por quê? Não sei por quê, Caio... porque o trem é uma máquina.

5 – Por que esse trem não é Maria Fumaça, que faz xique-xique, piuíiiiiiiiiiiii? Porque esse trem transporta gente. E tem trem que transporta bicho? Tem! Bicho, carga.

6 – O vagão do trem ia ficando vazio no contrafluxo da hora do almoço, na volta do curso de teatro.

7 – Do centro até a ponta final da linha, ainda a um ônibus de casa, as vozes de Caio e Luciene iam ganhan-

do projeção pelo espaço, com os ruídos das rodas do trem e da trava que prende um vagão no outro, ditando um ritmo ao trajeto.

8 – Caio dança, movimentando os ombros para frente a cada chacoalhão da composição, apesar das advertências da mãe de que poderia cair. Segura nas barras, suspende o corpo, faz acrobacias para o vagão vazio, mas que enxerga lotado.

9 – A luz do começo da tarde, forte como a do meio-dia mas não mais a pino, passa pelas janelas nos trechos sem a sombra das árvores e faz a iluminação daquele espetáculo mental.

10 – O All Star cano alto é, na verdade, uma sapatilha e o assoalho do vagão é o palco.

11 – Tá vendo, mainha? O quê? A senhora também sabe um monte de descobertas. o que a senhora vai fazer com elas? Ué, eu te contei. Eu também te contei a minha, agora a senhora sabe.

12 – O mundo pulsava diferente para Caio.

13 – Da estação de trem até o ponto de ônibus, ele ia lendo as placas e em vez de perguntar sobre o que desconhecia, inventava sentidos para o que via pela primeira vez. Filé de alcatra onze e noventa e nove cá gê. O vereador Claudio Afonso agradece a comunidade pelos votos recebidos e deseja a todos um próspero ano novo. Delivery. Jogo búzios, cartas, tarô.

14 – Eu também jogo tarô, viu, mainha. Para de falar besteira, retrucou a mãe.

15 – Quando não falava, Caio escrevia no ar palavras imaginárias. Ora usando letra cursiva, ora usando letra de forma. Errava a grafia, voltava do início. A professora Regiane era a única pessoa adulta que parecia notar aquela escrita. Por vezes, tentava decifrar a aquelas palavras. Mesmo quando errava, Caio dizia que ela

acertava, desconcertado.

16 – Só fala nessa Regiane, tá apaixonado, disse Luciene. Para, mãe!, determinou Caio, completamente fora do personagem que vivia. Caio olhava para Regiane com extrema admiração, mas era não paixão.

17 – Suas mechas loiras e curtas pareciam batatas fritas, Caio por vezes pegava com as mãos cada uma das batatinhas da cabeça da professora, abria a boca e mastigava de mentirinha. Era um segredo que tinha consigo mesmo. Mesmo quando ela tentava decifrar aquele movimento, que não era escrita nem dança, Caio desconversava.

18 – A aula de teatro da professora Regiane era o auge da semana de Caio. Amava o cheiro do teatro, corria de uma coxia a outra como se fosse um avião na pista prestes a decolar.

19 – Naquele dia, a mãe o havia acompanhado no ensaio, uma raridade Luciene ter uma folga na semana.

20 – Em breve estaria em cartaz uma peça em que Caio era um de um grupo de presidiários.

21 – Todos tinham um número preso nas costas, em coletes feitos de pano de saco. Os alunos fizeram juntos os figurinos. Pano, tesoura, tinta guache.

22 – Vestiram as roupas e ensaiaram pela primeira vez a caráter.

23 – Luciene estava na plateia e assistiu de cara fechada à apresentação. Se afundou na cadeira, olhou para os lados, sentia como se estivesse prestes a acender um cigarro ao lado de uma dinamite. Ao final, todos no palco aplaudiram, mas ela já não estava nas poltronas. A caminho da estação, Luciene questiona quem escolhera o número do colete de Caio.

24 – É meu número da sorte, mainha.

UMA HISTÓRIA DE AMOR E SEDE

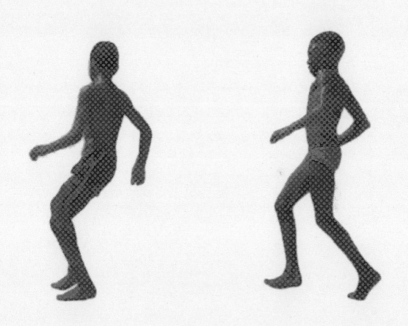

> "Amor, por favor, não desligue o telefone
> Eu sou sua mulher
> E você é o meu homem
> Amor, por favor, não desligue o telefone
> Eu sou sua mulher
> E você é o meu homem"
> Banda Djavú, *Não desligue o telefone*

Não havia encanamento na área improvisada de lavar roupas para que a água suja da máquina fosse descartada. Gláucia ia enchendo baldes com o líquido escuro, mistura de tinta de roupa e sujeira das peças que saía de cada lavagem, e seguia até o quintal onde tudo era descartado. Sábado era o dia de lavar as roupas da família inteira. Quatro, cinco, às vezes seis lavagens. A máquina de lavar cor creme parecia um abalo sísmico na fase da centrifugação, já no fim do processo. Era necessário jogar o peso do corpo em cima da lavadora para que não quebrasse.

Foram quase dois meses de racionamento, banhos de canequinha e louças mal lavadas. Os pratos no escorredor tinham um cheiro de ovo podre; assim como os copos, o chão da casa era pura terra. Para limpar, ela enchia um copo com água até a metade, respingava pelo cômodo todo e varria, na tentativa de levar embora a sujeira.

Aquele sábado marcava o fim da seca em pleno verão. Gláucia estava sedenta por abrir o chuveiro e sentir a água caindo pelo corpo, esfregar tranquilamente o sabonete pelos braços e pernas, deixar a água passar e levar embora toda sujidade, todo cansaço do dia, todo suor do trabalho e a tensão da rotina. Havia até comprado um sabonete Dove que escondeu das filhas. Era uma ocasião especial. E particular. O banho levava embora também um pouco da proteção natural, da gordura da pele e dos fluidos naturais, mas em troca trazia, pelos furinhos do chuveiro, todo tipo de solução para os problemas terrenos. Em 60 dias de racionamento, Gláucia quase enlouqueceu com os descaminhos. Não sabia mais por onde seguir, com quem contava, o que queria. Gláucia só se achava debaixo d'água.

Cada balde d'água que ela despejava no amontoado de pedras e grama no fundo do quintal trazia a memória de um bom banho. Gláucia chegou a sentir água na boca. Sua mente estava longe. Só voltava a si quando se atentava às puídas roupas que estendia. A sujeira das peças era quase uma proteção. A lavagem expunha as camisetas, calças jeans, calcinhas e sutiãs dela e das filhas ao esgotamento, aos rasgos, aos furos. Lavar as roupas era ao mesmo tempo bênção e pecado.

Ela punha os prendedores de roupa na borda da camisa branca esgarçada que usava para faxinar a casa. Era mais confortável, e também não teria mais utilidade como roupa de sair. O ciclo era: comprar por alguns centavos no bazar da igreja ou investir em algo bem baratinho nas Pernambucanas, usar até esgarçar, repassar a alguma das filhas ou transformar em pano de chão. Gláucia riu quando se lembrou que poderia passar um bom pano de chão na casa, agora que a água tinha voltado.

"Ô de casa", gritou Clóvis, seguido do som das palmas grossas, cheias de calos. Faltava pouco para o meio-dia. Gláucia não tirou os braços de cima da máquina, esperou terminar a centrifugação, teve dúvidas se havia mesmo alguém chamando. Parecia não se importar se a pessoa no portão achasse que não havia ninguém em casa. Já Clóvis batia palmas, não se importando em não ser recebido.

O bate-bate da máquina cessou, o silêncio se fez por segundos. Foi interrompido pelas palmas de Clóvis. Irritada, Gláucia seguiu até o portão, pisando duro. Viu pela parte de baixo, vazada, os pés sujos do homem, que não pisavam o chão quente porque estavam em cima de chinelos igualmente sujos, um bem maior e outro bem menor que os pés. Dava pra perceber que um deles tinha tons de amarelo, o outro, azul. As unhas pretas e grossas se destacavam.

Gláucia abriu o portão receosa e irritada. "Tem um copinho d'água pra me arranjar, minha princesa?", pediu Clóvis. "Tem princesa nenhuma aqui, não, viu?", retrucou, ainda mais irritada com a ousadia. Gláucia usava o cabelo cacheado num coque no topo da cabeça preso com um bico de pato, com alguns fios caídos pela testa e pelo pescoço. As sobrancelhas grossas contrastavam com a voz doce. Além da camiseta branca adornada com os prendedores de roupa, ela usava um short vermelho e Havaianas brancas e azuis, as clássicas. Bateu o portão na cara de Clóvis, sem deixar claro se voltaria ou não com um pouco de água. Clóvis permaneceu na porta, mesmo sem saber se receberia ou não a água.

A direção do vento mudava vez ou outra, e Clóvis sentia o cheiro aveludado do amaciante das roupas quarando passando pelas frestas do portão de madeira. O racionamento de água de Clóvis havia começado há alguns bons meses Ou anos. Ele já não se lembrava há quanto tempo estava perambulando pela rua. Naquele dia havia tomado uma branquinha minutos antes, piscava os olhos com força. O sol do meio-dia se transformou em ventania, era difícil se manter em pé. Por segundos se esqueceu de onde estava e o que fazia ali. Apoiou o rosto na tábua, escutando o vento e o cheiro, um respiro de alguma dignidade, e quase caiu quando Gláucia abriu o portão com a água num copo de plástico que havia ganhado de brinde no Habib's.

Ela quis xingar, socar, usar o copo como arma, mas só conseguiu fazer alguns ruídos, de forma primitiva. Meio tonto, ele caiu por cima dela, derrubando a água tão sagrada. Sentiu que estava nela, também, o cheiro de amaciante. Já Gláucia percebeu que Clóvis cheirava tão mal que parecia estar apodrecendo vivo. Teve vontade de xingá-lo. Nojento. Podre. Porco. Mas se segurou porque se compadeceu, por isso só emitiu ruídos. Já Clóvis percebeu que na queda esbarrou nos seios de Gláucia, passou os lábios em um de seus braços, se enrubesceu. Torceu para desmaiar, cair inconsciente e não ter de olhar para ela nunca mais. A consciência, porém, lhe invadiu a mente como se o sol tivesse despencado. O vento parou, a cachaça evaporou. Ele perdeu a sede, ela, o nojo.

SE VOCÊ PRETENDE

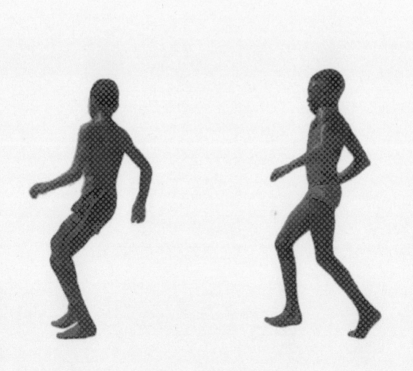

> *"Ainda somos os mesmos e vivemos*
> *Como os nossos pais"*
> Belchior, *Como nossos pais*

O merda do seu pai foi embora. Eu nunca tinha visto minha mãe falar um palavrão assim. Todas as vezes que ela falava um puta que pariu ou vai se foder era brincando, rindo. Mas nunca a sério. Ela lavava as louças na pia, iluminada pela pouca luz que passava pelo vitrô, irritada, batendo os copos de alumínio no escorredor. Aqueles copos, de tão usados, já não tinham mais o formato circular, estavam com as bocas amassadas, com a base irregular. Eram o retrato perfeito daquela casa, que já há algum tempo perdera sua harmonia.

Aquela notícia me atingiu como um tiro, mas minha mãe não me consolou. Minha mãe nem sequer olhou para mim. E eu mal conseguia olhar para ela. O que enxergava era apenas uma sombra na contraluz, um monstro feroz, imenso. Até tentei olhar para ela, mas ela desviou, bateu o caneco que estava lavando na pia e eu entendi que era para que eu me afastasse. Como um bicho dando um recado, quase suplicando para não ter que atacar. Ela precisava de um tempo. Apesar de animalesca, foi a primeira vez que vi minha mãe como uma pessoa.

Não foram poucos os dias que minha mãe não queria me ver. Esses dias eram aqueles em que eu ia trabalhar com meu pai. Ele aparecia na porta do meu quarto pela manhã e dizia para eu me arrumar e calçar sapato. De alguma maneira me habituei a acatar a ordem sem questionar. Sabia que tinha de levar uma bolsa com uma blusa, caso esfriasse, e que não deveria me despedir de minha mãe com um beijo, deveria passar direto pelo corredor até a sala e esperar. Nesses dias, me sentia acordando no fundo do mar e nadando até a superfície, o portão de casa, onde conseguia respirar com os pulmões de novo. Depois de sair, esquecia da minha casa submersa e me entregava aos delírios do mundo, meu pai me comprava broa de milho, refrigerante e bala de goma. Era uma recompensa por ter nadado de tão fundo até a praia.

Meu pai era um artista frustrado. Ou um artista não convencional. Vivia de fazer cover do Roberto Carlos. Ironicamente, ele também se chamava Roberto. Tinha cinco blazers azuis diferentes, um para cada dia da semana. Acordava cedo, ia para a estação de trem e atravessava a cidade até o Centro, onde se apresentava. Levava muitas bolsas: uma com um pedestal, um microfone que não funcionava, um micro system aos pedaços e várias fitas piratas dos maiores sucessos de Roberto Carlos, o original. Numa outra sacola, produtos que vendia na estação de trem. Eu nunca soube exatamente o que eram aquelas coisas. Pareciam fios de cobre, outras vezes marmitas e até cachaça. Quando alguém o abordava, muitas vezes fazendo chacota por ele ser um imitador de Roberto Carlos, ele aproveitava para fazer um novo cliente. Quase sempre dava certo. Ele falava alto e claro, mas eu não entendia o que estava sendo negociado.

Enquanto me enchia de comida pouco saudável, meu pai conversava com seus potenciais clientes. Era uma gente diferente, eu encarava a todos eles, de cima a baixo, mas eles poucas vezes me olhavam de volta. Sempre que acompanhava meu pai durante o dia, eu sonhava com aquelas figuras durante a noite. Algumas vezes, tinha pesadelos, como na vez que um cliente fiel do meu pai apareceu como uma figura nem feminina nem masculina. Tinha barba e longos cabelos, unhas pintadas e mau hálito. Ele corria atrás de mim e dos meus colegas na escola. Eu passei a sonhar com a escola todos os dias desde que saí. Estávamos no parquinho e ele corria atrás de todos nós com um punhal. Subimos um escorregador, gigantesco, tropeçando nas escadas. Ele riu, como se fosse um ator numa falha de gravação de um filme, nós rimos também. Mas logo tudo recomeçou. Escorregamos, ele também. Já cansados, ele nos alcançou. Me recordo de vê-lo olhando dentro dos olhos de Joyce, que estava atrás de mim. Com o punhal, penetrou seu peito, como se afundasse uma colher num pote de sorvete. Ela não morreu, mas se hipnotizou.

Antes de chegar no calçadão onde se apresentava, meu pai parava na catraca da estação de trem e esperava pelos compradores. Fazia as entregas ali e seguia para as apresentações. No decorrer da tarde, Roberto virava Roberto Carlos. Sempre cercado por meia dúzia de gatos pingados, todos suspeitos. A bolsa com as mercadorias, agora vazia, era onde os poucos fãs arremessavam poucos reais e muitos cacarecos. Chicletes, alguns deles mastigados, notas fiscais e bilhetes de loteria vencidos. Às vezes, eu me distanciava sem que meu pai demonstrasse preocupação de onde eu estaria. Eu tinha uma coleção de tudo o que era descartado ali. Ao longo da carreira de Roberto, eu fui acumulando pequenos bens. Centenas de cartões telefônicos zerados, tampas de garrafa de vidro, grampos de cabelo e uma imagem de Nossa Senhora em miniatura. Me alegravam as surpresas de consumo imediato. Balas e chicletes, sobretudo. Mas também passes de ônibus. Sem que meu pai percebesse, roubava-os da sacola, vendia-os e comprava mais doces. De certa forma, eu também comecei a comercializar mercadorias na rua.

Encarava os espectadores do meu pai e tentava ler o que eles pensavam, por muitas vezes achei que eles olhavam para o meu pai tentando também ler o que ele pensava. Se acreditava mesmo ser um astro, desejado, amado por todo o Brasil, um sedutor, um talento. A plateia era formada sobretudo por homens, entre os seus 50 e 60 anos, muitos fediam a álcool, estavam com o corpo ali e a mente em algum lugar muito distante. Alguns dançavam, brilhavam mais que a própria estrela no centro da praça. Às vezes havia algumas mulheres também, elas se emocionavam, a depender da música que estava sendo executada. O show ganhava ares de ritual e algum vazio era preenchido. Quando me aproximava, ouvia a voz fina e impotente de meu pai, quase encoberta pela música original tocando no micro system. Ele não olhava para ninguém. Se apresentava sempre de olhos fechados, movimentando a cabeça como se sentisse cada uma das palavras que não dizia, dublava. A certa altura, ele sacava rosas de plástico e tecido da bolsa, as beijava e as distribuía. Meu trabalho era recolher as rosas de volta, uma a uma. Ficava imaginando se meu pai distribuía rosas quando eu não estava e como fazia para recolher todas de volta.

Assim que o dia caía meu pai encerrava o expediente. Antes das seis, embarcava no trem de volta, para evitar a lotação do horário de pico. Não era incomum o trem quebrar, ficar completamente parado, por horas. Algumas vezes fomos pelos trilhos, caminhando junto de outros passageiros. E naquele momento pouco importava se ele se parecia com Roberto Carlos, se usava um blazer azul ou se tinha um cabelo ridiculamente comprido mas eminentemente calvo. Na linha era cada um por si. Atenção extrema com o trilho do lado oposto, com os ratos que se escondiam por entre as britas, com os trens de carga e seus intermináveis vagões que também passavam por ali. Esses nunca falhavam. Em uma das caminhadas, enfiei o pé em um pedaço de pau com um prego virado para cima. Estava de chinelo, a perfuração foi praticamente instantânea. Chorei. Meu pai jogou um pouco da água que carregava numa garrafa, me pediu pra eu ter calma. Meu pé não sangrou. Ele me colocou sobre seus ombros e me levou. De cima, vi a quantidade de gente andando junto, peregrinando até uma saída. A expressão daquelas pessoas era bem menos amigável que a dos espectadores do meu pai. A luz das seis da tarde às vezes parece mais escura do que a própria noite, por isso muitas das expressões eu não conseguia enxergar direito. Muitas caras eu inventei. Voltei meu corpo para frente, olhei para baixo, vi como meu pai estava calvo no topo da cabeça. Havia um caminho tão longo pela frente, me comovi. Pedi para descer e fui pisando o chão com cuidado.

Quando o trem quebrou de novo, em outra volta do trabalho com meu pai, voltei a ter o pé perfurado por pregos. Não por um, mas por dois. Fiquei com medo de falar o que havia acontecido. E tentei fingir que não havia me ferido. Passei pelo menos duas semanas mancando longe da vista dos meus pais. Eu também fui aprendendo a interpretar.

Certa noite, chegamos na rua de casa às onze e cinquenta e sete da noite. Me lembrava da hora porque olhei no relógio que trazia comigo no pulso, um dos tesouros da sacola em que os espectadores deveriam depositar dinheiro. Os passageiros colocaram fogo na composição inteira. Era a quarta vez seguida na semana. O sistema parou completamente e voltamos o trajeto inteiro a pé.

Era uma quinta-feira, ainda haveria uma longa sexta-feira pela frente e várias festas particulares para as quais ele havia sido contratado no fim de semana. A depender de como estivesse minha mãe, eu teria que trabalhar com Roberto Carlos de novo.

Meu pai passou diante do bar do Gunga, que lá de dentro cantarolou "Se você pretende...". Foi um sinal. Entramos, ele me deu 75 centavos, o equivalente a três sessões de Street Fighter no fliperama. O bar era quase sempre um silêncio só. Eventualmente quebrado quando uma partida de bilhar terminava em briga. No mais, apenas o som das bolas sendo acertadas pelos tacos de madeira e as motos dos entregadores de pizza preenchiam o nada daquele ambiente tomado por homens que não pretendiam nada.

Tudo no bar do Gunga parecia engordurado. Os pratos, os copos, os tacos de bilhar, os controles do fliperama. Eu tomava tubaína imitando os adultos bebendo cerveja. E às vezes bebia cerveja, achava o cheiro parecido com o de pão francês e o sabor, pesado. Aquele dia eu bebi quase uma garrafa inteira de cerveja às escondidas diante de todos aqueles adultos. Só fomos embora quando o próprio Gunga apelou em meu favor. Dormi em cima da mesa de sinuca.

Meu pai, fedendo de bêbado, trançando as pernas, chegou em casa mas caiu assim que abriu o portão. Ajudei-o a se levantar, fomos até em casa. Vi que a luz se acendeu e começaram gritos abafados, não eram de raiva, dor ou medo. Eram gritos de um copo de alumínio deformado. Por sorte, meu pai esqueceu os materiais de trabalho no Gunga. Voltei lá, bati, peguei tudo de volta. Em casa, tudo era silêncio de novo. Meu relógio digital marcava duas e cinco da manhã.

VISITA ÍNTIMA

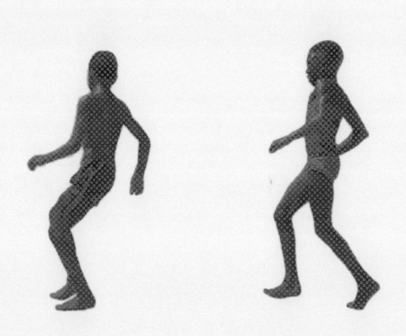

> *"O sol há de brilhar mais uma vez*
> *A luz há de chegar aos corações*
> *Do mal será queimada a semente*
> *O amor será eterno novamente*
> *É o juízo final*
> *A história do bem e do mal"*
> Nelson Cavaquinho, *Juízo final*

Tem coisa que a gente só vê de noite. É tipo um letreiro veio desses de rua que passa o dia todo apagado. É só no breu que a gente entende, que as coisas se assentam. De dia é muita coisa, muita luz, muito tudo e eu não tô mais a fim. E eu queria que, se fosse possível, cê respeitasse o meu momento, a minha escolha, porque, olha, sinceramente eu não sou obrigada a ficar me justificando. Cê nunca demonstrou interesse em me ouvir e agora vai ficar cobrando explicação? Eu não quero gastar saliva, meu filho. Muito menos com você.

Tem coisa que a gente se lembra só depois que se esquece. Eu fiz aniversário e não ganhei um parabéns. Uma mensagem eu não ganhei. O que você tava fazendo que não lembrou? Não, me diz, onde que você estava? É pra responder, me diz! Eu fiquei aqui, fiz bolo, fiz o bolo que você gosta, o seu bolo favorito pro meu níver, mano, e você nem apareceu. Sua filha tá perguntando de você o tempo todo. Era meu níver, o assunto era você, tio. É isso, o assunto é sempre você, cê já percebeu?

Esse lugar aqui mudou agora, inverteu. E é por culpa sua, agora aqui, meu filho, é caos. Caos que você implantou, tá me entendendo? Cê tá me escutando ou tá fingindo que não, hein? Tem coisa que a gente vê com o tempo, meu querido. Eu não sei se você viu aquela goteira na sala, em cima do sofá. Não viu, né? Tava mansinha, não fazia barulho. Mas o sofá tá podre! O sofá que eu tô pagando ainda. Dinheiro que eu tô tirando do meu rabo pra pagar. Tem quatro parcelas ainda. Cê só senta seu cu lá e fica pedindo, pedindo, pedindo.

 Olha, tem tanta coisa que eu quero esquecer de tanto lembrar. Eu não quero mais ver a tua cara. Eu tô com nojo da sua cara. O negócio tá diferente, esquentou pra você, viu? Eu não sei se cê percebeu. E não fui eu que fiz isso aqui, não, foi você. Cê virou isso aqui tudo de cabeça pra baixo. Eu me pergunto como isso começou, o que eu fiz. Porque é comigo o bagulho, só pode ser, mano. Como eu deixei chegar até aqui?, não é possível. Não é possível! Eu só posso tá maluca. Maluca. Maluca!

 E não me olha como se eu fosse a doida, tá? Não adianta arregalar esse olhão pra mim, não, tio. Porque se tem uma coisa que eu não sou é otária, cê tá me entendendo? Nem doida. E se me chamar de estressada o bagulho vai esquentar pu seu lado, porque eu não tenho medo de marmanjo, não. Ora, porra!

 A menina tá aí, ó, cagando água. Menina de sete anos usando fralda, eu passei o dia inteiro no pronto socorro, e cadê você? Tem que comprar soro pra ela, tem que comprar remédio pra ver se dá um jeito. Eu vim aqui no guarda-roupa ver se tinha dinheiro e só tem 30 real. Cadê meu dinheiro? Cadê a porra do meu dinheiro? É o meu dinheiro! E é pra comprar remédio pra sua filha. Sua filha! Não é pra comprar cerveja, não é pra dar o meu rabo. É o meu dinheiro, meu dinheiro que eu guardei pra uma emergência. O que você fez com o dinheiro? Como que some o dinheiro? Porque só eu e você sabe onde tá o dinheiro. Entrou alguém aqui? Entrou? Hein? Você tá trazendo alguém aqui?

Você sabia que uma menina de sete anos não usa mais fralda? Sua filha tava usando. Sei lá que merda deu, a comida, a água, que ela tá aí, ó, prostrada. Eu peguei uma hora de trânsito na Belmira Marim até chegar no hospital do Grajaú com a garota no colo. Eu tava de pé, porque não teve um arrombado pra levantar. O cobrador pediu lugar e não teve um. Não tinha ninguém lá pra falar grosso. Cê só canta de galo aqui no seu terreiro. É bolsa minha, bolsa dela, ela. Tudo no braço. E eu tava morrendo de medo dela se sujar inteira dentro do ônibus. E eu ia fazer o quê, me diz? Você sabe quanto custou a fralda que eu comprei pra ela? Porque essa menina tá enorme, não é mais fralda de neném, não. É fralda geriátrica, é cara. Eu passei em dois cartão 45 reais. Não tinha um puto na carteira! Precisei passar dois cartão de crédito pra comprar fralda, meu amigo. Passei um carão.

Sabe, eu tô cansada. Cansada.

Mas eu não vou esmorecer pra você, não, viu? Ah, mas eu não vou mesmo! Eu vou te mastigar de boca aberta. Eu chamo a justiça, eu tenho adevogada, você vai ter que pagar pensão, quereno ou não, já que você não faz o mínimo quando eu tô te suplicano, vai ter que fazer o máximo ou volta lá com seus amiguinho. Lá era vida boa, né? Fazia porra nenhuma, num batia um prego na areia. Vida dura é aqui fora. Acordar cedo, pegar ônibus, levar e buscar filha na escola, comprar remédio, levar pra médico. Na cadeia é massa, né? Come, dorme, fuma. Aí eu vou lá que nem uma otária pra você se satisfazer. Me rebaixo igual uma vagabunda porque acham que a gente tá indo levar celular pra vocês lá dentro. Tô exausta. Exausta, bicho. Mas ainda com força de pisar na sua cabeça. Eu vou te pisar no asfalto. Não tô querendo nada, vaza. A porta da rua é serventia da casa.

Eu espero que cê teja me escutando. Eu espero que cê faça alguma coisa, tio, eu tô muito cansada. Eu tô exausta, eu não aguento mais me virar em cinco. Não aguento mais passar por um monte de humilhação todo dia. Todo dia eu limpo essa merda dessa casa, todo dia tá uma nojeira. Você não tem capacidade de lavar uma louça, comprar um pão. Eu não sou sua empregada, você não casou com uma empregada. Eu não sou sua mamãezinha, não, cê tá me entendendo? Como que cê não viu a porra da goteira em cima do sofá? Onde você vai sentar seu rabo agora o dia inteiro? Não tem mais sofá. Acabou. As coisa aqui dentro tão se acabando em pó, em mofo.

Olha lá, a menina chorando. E não é porque eu tô gritano, não. É por causa desse caos. Dessa zona que é essa casa. Eu nunca venço. Nunca venço essa bagunça, essa sujeira. Sabe o que a médica me falou lá? Ela tá com mancha no pulmão. Quantas vezes eu te pedi pra dar um jeito naquela parede da cama dela? Aquilo tá puro mofo, a menina tosse a noite toda. Todo dia eu falo, todo dia. Eu nunca pintei parede, eu não tenho condição de pintar parede, eu não vou pagar ninguém pra pintar parede dentro da minha casa. E você não tira esse cigarro da boca, é o dia todo. E eu sinto o cheiro quando entro dentro de casa. Não é pra fumar essa porra aqui dentro. Eu não quero mais isso aqui. Basta! Acabou, parceiro. E se eu achar carteira de cigarro eu vou sumir com tudo, você esconde bem, tá me entendendo?

Às vezes eu me sinto uma formiga carregando uma folha de bananeira, sabe? Eu sei que eu posso passar o dia carregando, mas não dá pra ser tão pesado, não, mano. Tô cansada de fazer a roda girar e não ganhar um parabéns. Um muito obrigado. É só cobrança. Eu só tô pedindo um pouco de misericórdia. Só misericórdia.

A gente fez oração, os irmão veio aqui. A gente fez círculo de oração. Eu tô fazendo campanha, levo foto sua, levo peça de roupa sua pra ungir. Movo céu e terra de verdade por você. Todo mundo pergunta de você na igreja e eu não sei mais o que dizer, o que inventar. Teve encontro de casais e eu não fui. De novo. Eu sou casada, mas meu marido nunca aparece. Nunca.

Hoje lá no hospital eu vi uma senhorinha toda fodida numa cadeira de rodas. Quase desfalecida. Deu dó. Mas o companheiro dela tava lá, empurrando a cadeira, levando pra cima e pra baixo, acompanhando, dando água, limpando a boca dela, fazendo aquela situação merda ser menos ruim. Eu lembrei da gente na sua moto, pra cima e pra baixo. Eu me sentia segura com você, eu sentia que eu podia tudo. Quando engravidei, achei que ia ser mágico, que ia ser foda. Cê era um puta cara. Eu quero aquele cara ali, mano. Eu quero aquele cara que me dê segurança, que segure as bronca comigo. Aquele cara do grupo de jovens. Qualquer b.o. você espana, mano. Cê nunca tá junto. Nunca atende esse celular. Cadê você? Onde você tá? Você se perdeu, tá perdido, tá esquecido. A gente era tão foda juntos. A gente era foda!

Eu queria que alguém me comesse, sabe? Queria que alguém me pegasse de verdade. Gostoso. Porque eu sou uma mulher, eu tenho minhas necessidades também. E eu não sei se você sabe, claro que não sabe, porque eu ou qualquer outra rapariga que deita com você toma banho, mas é um pesadelo deitar com um homem podre como você. Cê tem noção de que eu tô pedindo o básico pra você?

Seu irmão veio aqui ontem. E se ofereceu pra fazer um monte de coisa que você não tem feito.

Que que é, só você pode encher a porra da cara? Não tem um copo limpo, você usa todos os copos dessa casa. Eu vou acabar com todos, vou quebrar todos, deixar só dois e ver o que você vai fazer. Desgraça. Até a cachaça que você enche o cu, sou eu que compro.

Você sabia que só tem uma porra de um feijão macassar pra comer hoje?

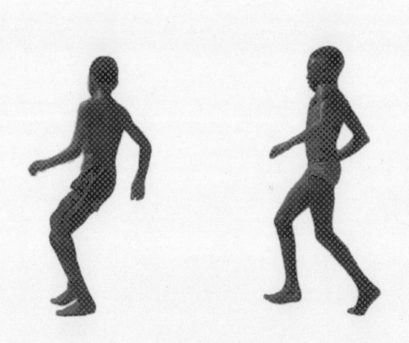

> "Tem gente que é só sucesso
> como tem gente falida
> Tem gente que não tem berço,
> bandido, gente excluída
> Tem gente muito valente
> tem gente só suicida
> e por ter gente demente
> tem gente que é prevenida
> Tem coisa que segue em frente
> tem coisa já falecida"
> Alzira E e Itamar Assumpção, *Coisas na vida*

Selma não sentiu dor quando a agulha atravessou sua pele. É que os dias que mudam nossa vida pra sempre são banais. Na esteira de reciclagem passa todo tipo de coisa. Caco de vidro, insetos mortos, camisinhas usadas, essa é a rotina. O que chama atenção dos recicladores é quando aparecem moedas, notas de dinheiro e os mais variados segredos que todo dia escondemos do mundo jogando no lixo. Uma espetada, um susto ou um líquido que espirra na cara não costuma marcar a mente.

Acima da pia do banheiro da pequena usina, onde fica um espelho formado por retalhos de dezenas de espelhos, se amontoavam fotos 3x4 lançadas ao esquecimento. Resgatadas pelos separadores, crianças, adultos e idosos assistiam aos funcionários urinando, defecando e muitas vezes ao telefone, já que era proibido usar o celular durante o expediente. Nas fotos, uns sorriam, outros pareciam bravos, alguns tinham caras muito engraçadas. Quando estavam sérios demais, recebiam chifres ou bigodes a caneta.

Do lado de fora, um painel gigantesco com carteiras de habilitação e RGs se acumulava quase que do chão ao teto. O grande mapa de São Paulo, que em tempos pré-internet servia de apoio para que os carros circulassem pela cidade, hoje acumulava pequenos papéis colados ou presos por alfinetes. Eram indicações, restos de cartas. Poucas delas a mão, a maioria delas cobranças.

Em um outro setor do depósito funcionava um singelo brechó. Peças de roupa totalmente preservadas eram dispensadas, camisetas de marca, blusas de frio e até sapatos. Tudo era separado em uma caixa de papelão para quem quisesse levar. Só meias e roupas íntimas eram descartadas imediatamente. Mas não era raro Selma jogar alguma calcinha ou cueca na direção de seus colegas. Os mais novos inevitavelmente eram batizados por ela, que os surpreendia com um golpe pelas costas. Selma pressionava a roupa íntima contra o nariz da pessoa até que não se aguentasse de tanto rir.

Ninguém peitava Selma. Sua baixa estatura e massa magra contrastavam com sua autoridade. Muitos tinham medo do que ela poderia dizer, da piada que faria, da forma com a qual exporia um colega de trabalho.

Quando o exame chegou em casa, Selma pesquisou no Google, tremendo, o que era tudo aquilo escrito no papel. Sentiu ódio depois que entendeu. Rasgou os papéis e arremessou tudo no lixo do banheiro.

O diagnóstico positivo para HIV com início de Aids fez Selma se sentir despedaçada, como se fosse lixo passeando pela esteira da usina. Não era mais uma pessoa inteira, era uma porção de órgãos sendo analisada. Um braço, um baço, um peito, um pé, tudo sendo observado sob o risco de um descarte ao fim do trajeto.

Para os outros, Selma continuava uma só. Inteira. E havia se tornado a própria doença. A chegada dela na usina de reciclagem desfazia automaticamente rodinhas de conversa que tinham seu nome como assunto. No pequeno refeitório, onde todos se alimentavam, fizeram a letra inicial do nome de Selma junto de um sinal de mais em um prato, uma faca, um garfo e um copo.

Para além de um medo de uma contaminação de HIV pelo ar ou no compartilhar de um talher, não colava entre os colegas de trabalho a versão de que Selma pegara o vírus da Aids no próprio trabalho. Sua vida, até então reservada, fora revirada.

Havia na boca da gente que insultava e constrangia Selma um doce sabor de vingança. Ela era uma orgulhosa homofóbica. Havia retirado do armário dois colegas da reciclagem, que começaram a sair juntos. Os dois foram flagrados por ela aos amassos em horário de serviço. Selma filmara e espalhara para todos os colegas. E agora, ela mesma, que já fizera piadas com colegas gays e o vírus da Aids, tinha a doença como alter ego.

Até mesmo os superiores eram por ela desafiados. Mas tudo isso ficava em segundo plano, porque Selma era vista como uma profissional experiente, calejada, indispensável. Uma fortaleza implodida por uma agulha. Agora, Selma não era mais alguém. Era uma coisa, era uma doença.

Adenilton batia a mão direita na coxa, sem ritmo. Depois, segurava o volante com a direita e com a esquerda coçava os olhos. A marcha na quinta garantia o carro quase deslizando na via expressa. Ele havia trabalhado a noite toda e levava Selma para mais uma consulta. Era inexplicável a dedicação que ele tinha a ela, diziam que era dívida, que ela sabia de algum segredo do rapaz.

A usina de reciclagem operava diuturnamente. Afinal, o lixo não para de ser produzido e descartado. E, na maioria das vezes, mal descartado. Os mais novos, geralmente sem família, ficavam nos postos da noite. Adenilton era um deles. Talvez, por não conviver tanto com Selma , ajudava no socorro médico da colega. E, de alguma forma, ele tinha ganhado algum respeito com a parceria. Discreto, pouco se sabia sobre sua vida. Havia chegado de Alagoas para trabalhar na construção civil; para alguns, já disse ter dormido em albergues entre um trabalho e outro. O emprego na usina lhe dava estabilidade, era o único da turma a ter carro, os outros tinham, no máximo, motos.

Aquela era uma consulta importante, mas Selma não sabia. Os dias de hospital levavam a ela algum ar de humanidade. Passava batom, punha brincos. Selma resgatava algo que era mais do que uma feminilidade. Era como se fosse gente diante de outras gentes. Pedia por favor, não passava por alguém sem antes pedir licença. Fazia 20 anos que ela lidava com sacos de lixo, os únicos motivos que a retiravam dali eram sua saúde e dias de eleição, em que igualmente se arrumava, como se fosse encontrar com alguém.

Fora explicado a ela, naquele dia no hospital, que estava indetectável. Seu corpo, ainda frágil, estava se recuperando do tratamento inicial. Mas soube que, aos poucos, poderia retornar ao trabalho. Foram dezenas de dias fora, só, em casa. Um momento único em duas décadas. Apenas Adenilton fazia visitas, e não necessariamente para vê-la. Ele passava, deixava uma marmita e seguia seu destino, no começo da manhã, para o mundo, fim de expediente para ele.

Selma criava galinhas no pequeno quintal. Vinham do galinheiro os ovos da comida que já não preparava todos os dias, pois lhe faltavam forças. Adenilton arremessava milho a elas. Aos domingos, quando não trabalhava, soltava as galinhas pelo quintal. Elas comiam o mato alto, que havia crescido, uma vez que Selma não carpia. Ele levava as correspondências, passava por baixo da porta da casa de dois cômodos de Selma.

A boa notícia que o médico havia dado não fez Selma sorrir. Voltou para casa no carro com Adenilton acompanhada pelo mesmo silêncio que a levou ao hospital.

"Fica ali, ó", orientou um dos separadores, quando Selma retornou ao batente, no dia seguinte. Era a ponta da esteira. Não queriam que o lixo que ela já tivesse mexido passasse por outras mãos. Selma atendeu à orientação e se colocou na etapa final da longa esteira. O material que chegava naquele ponto não tinha mais preciosidades. As fotos 3x4 já haviam ficado pelo caminho, os testes de gravidez, as bijuterias e as roupas de marca não apareciam àquela altura. O final da esteira era só o lixo orgânico, um cheiro de café com suco de laranja azedo.

Selma passou o expediente inteiro ali, recolhendo os pedaços de si mesma no final da esteira. As equipes faziam até doze horas de trabalho. No final do dia, exaustos, silenciavam. No salão só se ouvia o som do maquinário.

Ela pegou uma das garrafas de vidro separadas e arrebentou a ponta na parte de metal da esteira. Gritou, para aumentar a força, como se fosse uma jogadora de tênis a dar raquetadas. O silêncio no salão foi tão grande que a máquina parecia ter parado, para prestar atenção no que viria a seguir. Selma rasgou o pulso esquerdo com o que restou da garrafa, gritando de novo, mas agora de dor, como se só naquele momento tivesse sentido a dor da agulhada.

Seu plano era correr e sujar de sangue seus colegas de trabalho, levar, de certo modo, um pânico real de que adoecessem. Ela sabia que não, mas eles não sabiam. O plano, arquitetado ao longo de um dia inteiro, na última etapa do descarte de tudo o que não serve para mais ninguém, quase deu certo. Não fossem as pernas de Selma, fracas, implodirem como dois prédios vazios.

ELA E ELE

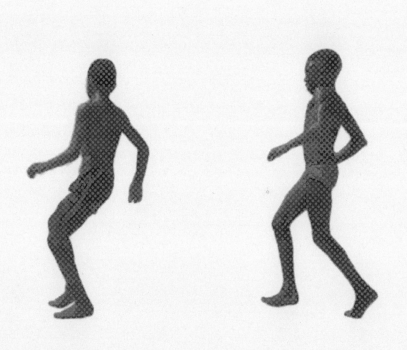

> "*Um isqueiro, um cachimbo, e uma pedra o menino*
> *[acendeu*
> *Lá se vai sua inocência, a delinquência agora o*
> *[dominou*
> *Amigo, eu não acreditei, ao te ver assim*
> *Você é só mais um dos muitos que morrem em vão*
> *Pensando ser ladrão com um tiro no coração*"
> Expressão Ativa, *Pacto*

Danielle subiu na garupa antes de Davi. Se posicionou, agarrou bem na lateral, mas a moto quase cedeu. Davi caiu na gargalhada. Ela também gargalhou. E depois começou a chorar. Davi riu mais ainda.

Eles estacionaram perto da padaria grande, a que vendia as coisas mais gostosas e também mais caras do bairro. Danielle pegou um pão de queijo recheado com catupiry e um outro, com goiabada. Davi pegou mini sonhos, um pão de queijo simples e uma Coca-Cola. Aquela manhã era especial.

Daquele instante em diante, a vida deles mudaria. Os dois se conheceram no telemarketing em que trabalhavam até então. Ele subira de cargo, virara supervisor. Ela passara na faculdade, bolsa integral para o curso de Jornalismo na Uniban, seu maior sonho. Ela iria pedir demissão, se dedicar à faculdade e conseguir um estágio. Pelo que tinha visto, o valor da remuneração numa redação ou assessoria de imprensa não era muito diferente de atendimento como telemarketing. Logo, tudo estaria alinhado outra vez.

A celebração para aquela virada na vida tinha que ser na beira da praia, em um bate-volta na Baixada Santista. Nada de Praia Grande dessa vez. Mas Guarujá. A folga fora combinada há semanas. Um malabarismo. Não era fácil um supervisor ter folga. Nem uma atendente. Folga não é exatamente uma palavra do vocabulário do telemarketing.

    Danielle começou a trabalhar na empresa aos 16 anos. Saía do segundo ano do ensino médio até a empresa. Uma viagem de uma hora e meia do bairro até perto do aeroporto. Ganhava 350 reais por mês. Em dinheiro vivo. Socava 100 em cada meia, 100 na calcinha e deixava 50 na carteira, caso houvesse algum assalto. E com alguma frequência havia. Ao fim do primeiro semestre de trabalho, Danielle comprou um celular. Uma semana depois, foi assaltada no ônibus.

    Em dois anos de trabalho, fazendo o mesmo trajeto de segunda a sábado, havia feito amizade com algumas pessoas no coletivo. Com outros passageiros, havia um olhar de cortesia. Com Davi foi amor. E não à primeira vista.

    Antes de Danielle chegar, ele já frequentava o coletivo. No último ano do colégio, tomava o ônibus perto do meio-dia. Ia, por vezes, de boca aberta, cochilando na poltrona, quando tinha sorte de se sentar. Na empresa, trocava a camisa da escola por outra que carregava dentro da bolsa. Guardava na geladeira da empresa a marmita, que por pouco não azedava. Davi era safo, resolvia todas as buchas dos clientes. Não amava nem odiava o trabalho. Apenas fazia. Cumpria os horários, às vezes não fazia a pausa de 15 minutos, não recusava ligações, era elogiado pelos clientes com alguma frequência.

    O olhar de Danielle e Davi se cruzou no dia em que, exaustos, os passageiros espancaram um assaltante. Era o terceiro ataque em três meses. Até o pregador do evangelho, que todos os dias embarcava em busca de ovelhas desgarradas, sentou a mão no rapaz, que não devia ter mais de 25 anos, e que tocava o terror entre os passageiros. Chutes, socos, até uma cusparada. No justiçamento, Danielle levou um soco no olho sem querer. Davi acompanhou a colega distante de trabalho até um pronto-socorro. O assaltante foi chutado de dentro do ônibus pela porta traseira, fez que ia levantar, os passageiros gritaram para que o motorista desse partida logo. Atônito, o condutor não sabia como reagir, achava que ia se dar mal na garagem. Mas também sentiu medo de que a rebelião se voltasse contra ele. Aquele foi um dia para esquecer.

Danielle e Davi viviam aventuras ora por ação deles, ora por ação do acaso. Por meses, esconderam o relacionamento de todos. Buscavam os lugares mais variados possíveis para transar. Nem os colegas de trabalho nem a família sabiam do namoro. Enfrentavam o mundo sem medo. A vida de casados amainou um pouco as coisas, normalizou a rotina.

Descer a serra, cortando os carros na Imigrantes, na velocidade da luz, como brincavam, era o jeito que encontravam para se sentirem vivos. Naquele dia, no caminho para o Guarujá, Danielle agarrava a cintura de Davi quase deixando ele sem ar. O medo dela fazia ele sentir os peitos dela tão grandes e tão perto das costas como nunca.

A manhã fria do extremo sul de São Paulo com a neblina densa na serra terminava com a imagem do sol na entrada do litoral. O mormaço tocava as partes dos corpos deles expostas. Essa cena reforçava a ideia de que a praia era uma outra dimensão, o lugar de celebração.

Embaixo das calças jeans e dos jaquetões pesados, roupas de banho. Eles paravam, guardavam tudo embaixo do banco da moto e em uma sacola de plástico, e corriam para o abraço.

Danielle estava sensível naqueles últimos dias. Parecia sentir cada um dos grãos de areia sob seus pés. O nariz dela puxava para dentro todas as cores dos cheiros: o camarão frito, o milho assado, o queijo em brasa, o sal do mar. A pele dela absorvia cada pequeno raio de sol. Davi correu para o mar e ela ficou em pé, parada na areia, por minutos. Ou horas. Não soube precisar. Danielle chamava mais atenção que o mar. Era a praia que a admirava, não o contrário.

Danielle riu quando Davi tirou a camisa. A pele dele, queimada nos braços e no rosto, contrastava com a barriga e as costas desbotadas. Ela gargalhou quando ele fez que ia baixar a bermuda que usaria para o banho de mar. Ela chorou quando ele correu para o mar, se emocionou por ter o parceiro que tinha, por lembrar de tudo o que passaram juntos.

Os dois quase nunca entravam no mar ao mesmo tempo. Só quando a praia estava mais vazia. Um mp3, um fone de ouvido, as carteiras e o celular dele eram os bens mais preciosos que carregavam. Um de cada vez, iam ao encontro do mar.

Mas naquele dia, Danielle não sentiu esse medo. Os medos dela eram outros. Os grãos de areia tomaram conta dos pertences dos dois. Ela caminhou lentamente até a parte molhada, onde as ondas terminam. Não sentiu o baque da água fria. Entrou como se a água fosse o meio dela, não o ar. Davi se assustou quando viu ela entrando no mar, mas confiou que o que ela fazia era certo.

Os grãos de areia testemunharam ela cochichando alguma coisa no ouvido dele. Os olhos dele se arregalaram. Ela paralisou. Ele deu um beijo na testa dela. Eles se abraçaram. A maré subiu e alcançou os grãos de areia. De algum modo, a praia arranjou um jeito humano de chorar.

Livro
reimpresso
no quase inverno de
2025 para a editora
Diadorim. Fontes
Cambria e
Coldsmith
Pro